白香詞譜箋

光緒乙酉
秋仲刻成

光緒乙酉
秋仲刻成

白香詞
譜箋

敘

江淮之間固多異人哉咸豐初欃槍明於上萑苻應於下巢軍蒼頭特起蜀山肥水數百里間驤躍於行陳者相望文武材用有奇必顯於是乎貂蟬兜鍪盛於一方尊於薄海矣吾觀季漢之世雄俊君子三方自奮於功名而邴原田疇之流蓄志隱軫而制行高清譬之百尺之松鬱鬱澗底連城之玉匿迹空山窮老盡氣不詭志以干時何嘗不發光氣於人間磔磔崎行自離物表古今人同不同未可知若徐君懿甫戴君子瑞王君謙齋其斯之謂與士之表見於世者出則展其用處則章其文抑又聞之詩也者賢人君子不得已而作也三君子者不得已之故

同不同亦未可知惟志隱軫而行高清者則無不同故平居相慕悅論交相友善文章各有趨向亦猶立身之各有本末至於希古樂道與夫觀時感物如笙磬之同音焉獻志行無似宦遊皖國則聞三君之賢如古人之在書策行且十年作令合肥與謙齋班荊定交而徐戴則逝矣乃盡讀三君之詩貞松之條奇玉之采亦既含華隱曜於無窮又使予如見根矩子泰之風儀於言外也簡書餘日手寫其尤雅者合爲二卷於徐戴等後世之相知於謙齋樂奇文之欣賞江淮之間固多異人哉光緒十有二年夏六月仁和譚廷獻敘

敘

詞之爲道意內言外選音攷律貴在精擘余幼耽此儔侶翕集互相賡唱予中年以來江湖落魄時或雁櫋横天葭雪噎袂輒藉新聲以答悽響頃來淝上謁復堂譚先生示以新校正白香詞譜箋余沫胝之標舉聲逸鏘洋和均較之他選纖佻炫工姚冶倚市去上莫別淩犯無歸者誠不可同日語南海謝韋菴少尉仿樊榭絕妙好詞之例爲之箋旋歸道山遺文多佚小品僅存張樵野廉使感冬文之覆詆哀山陽之吹笛校而栞之烏衣燕冷都成秋痕素蝕蟫死猶存印迹盍其搜南宋之瑣事仿西泠之前編油鐙獨挑書城兀擁爲此攤牋錄字以當仰屋著書其用心綦苦矣且讀其詞卽知其人並及命意之所存旣醫枵腹兼佐談資當與復翁篋中一選播惠藝林復翁屬敘其緣起頗不自涯妄爲喤引廬州城南赤欄橋爲白石老僊僑寓時裵裛遺迹稱柳淡黃池波自碧儻攜此箋與復翁訪古尋春倚聲論世知宓子横琴之餘暇郎周郞顧曲之風流也時光緒丙戌清明前六日丹徒李恩綬亞白敘於肥西之紫蓬山房

原序

樂府古詞肇於漢魏六代迄唐皆因之斷題取義各抒天籟初無定譜宋崇甯中立大晟府命周美成諸人討論古詞協律爲調於是乎八十四調之譜悉有成式其後增衍慢曲引近或移宮換羽爲三犯四犯詞調日繁而譜之律亦日嚴矣是故工如美成猶尙有未盡諧律之議況餘子哉吾友舒白香頗留意聲律之學曾選佳詞一百篇篇各異調於其旁逐字訂譜宜平宜仄及可平可仄之辨一望犂然上去入雖皆仄聲亦各有音節所宜證以佳詞舉堪意會於初學不無小補白香囊贈予一編輿中馬上偶譜新聲檢閱良便惜其版乃南土所鋟遠莫能致爰命梓人仍舊式重鐫合小軒詞韻爲二卷扶寸一帙不盈握而百調四聲胥如指掌用以持贈知音易微雲紅杏之句亦詞壇一嚆矢也

嘉慶戊午秋日怡親王訥齋甫書

白香詞譜箋凡例

一是書原本百調以小調列前次及中調長調而題下各系所作人姓名此譜例也今既爲之箋自不得不先標姓名後列本詞庶使披閱瞭然非敢羼亂舊籍

一是書首列楊守齋作詞五要而誤守字爲誠字今照詞源更正而錄於簡端

一是書自唐至　本朝計凡五十九人原本以詞爲主故時代不分今則序列後先一依朱竹垞先生詞綜

一初以是書坊間盛行苦讀其詞者或不知其人及命意所在不無憾事是以按譜之餘偶箋一二八九年來所積遂多因

別鈔一通廣爲中帙花晨月夕聊佐清談非敢云著書也

一是書體例一仿絕妙好詞箋其南宋人逸事皆照厲樊榭查蓮坡兩先生所輯錄入或有未采者間補數條

一所引各書悉照原本疑者闕之不敢妄爲增删間有私見則加一按字以别之

一是箋隨時鈔錄詮次不無稍紊又最後乃得苕溪漁隱叢話詞苑叢談兩書因略爲勘證其先經錄入者卽不復易後有於兩書中得者則仍冠以某書字樣不忘所自惟詞苑多不引出處兹仍依之蓋古書多佚難於稽訂也

一兵燹之後典籍多亡卽如古今詞話一書在　國初時已佚

今或有於類書小注內錄得者日久又忘出處雖冠以書名或未窺全豹讀者勿以謏陋見誚幸甚

一古人事迹繁簡不一如蘇文忠公則一事而各處並載如李玉則徧攷不得其生平今事或太多則擇其雅馴者錄之其未詳者則略之亦絕妙好詞箋例也然學寡識疏挂一漏萬之譏在所不免尚祈博雅君子是正焉

一是書以同治壬申草創於鍾祥客館光緒己卯成於蘄水之巴河鎮差次每苦行篋藏書不多或作或輟中間以書相贈借者爲同里陳蔭田員外次壬張樵埜廉使蔭桓會稽施壽伯孏丈山恩施樊雲門太史增祥維揚張君秋白文揆也其或偶錄一二條相寄者則番禺文君虎卿國華也將伯之助銘感不忘

楊守齋作詞五要按守齋名纘字繼翁號守齋又號紫霞翁嚴陵人居錢唐宋甯宗楊后兄次山之孫官列卿

作詞之要有五第一要擇腔腔不韻則勿作如塞翁吟之衰颯帝臺春之不順隔浦蓮之寄煞鬭百艸之無味是也

第二要擇律律不應月則不美如十一月調須用正宮元宵詞必用仙呂宮爲宜也

第三要塡詞按譜自古作詞能依句者已少依譜用字者百無一二詞若歌韻不協奚取焉或謂善歌者融化其字則無疵殊不知詳製轉折用或不當卽失律正旁偏側淩犯他宮非復本調矣

第四要隨律押韻如越調水龍吟商調二郎神皆合用平入聲韻古詞皆押去聲所以轉摺怪異成不祥之音昧律者反稱賞之是眞可解頤而啟齒也

第五要立新意若用前人詩詞意爲之則蹈襲無足奇者須自作不經人道語或翻前人意便覺出奇或祗能鍊字誦纔數過便無精神不可不知也更須忌三重四同始爲具美

白香詞譜箋卷一

靖安舒夢蘭原輯

南海謝朝徵章菴箋

張蔭桓樵野校

李白

白字太白自號青蓮居士涼武昭王九世孫蜀人亦云山東人天才奇特遊長安賀知章見其文曰謫仙人也言於明皇召對金鑾殿詔供奉翰林帝在沈香亭賞名花召賦清平調三章帝愛其才因醉命高力士脫鞾力士恥之摘詩中語激楊貴妃譖於帝賜金放還安祿山反永王璘辟爲府僚佐璘起兵白逃回璘敗當誅先是嘗救郭子儀至是子儀請解官以贖詔長流夜郎赦還客當塗令李陽冰所代宗立以左拾遺召而白已卒矣葬當塗之青山

黃叔暘云凡看唐人詞曲當看其命意造語工緻處蓋語簡而意深所以爲奇作也又云太白菩薩蠻憶秦娥二詞爲百代詞曲之祖

菩薩蠻　閨情

平林漠漠煙如織寒山一帶傷心碧暝色入高樓有人樓上愁
玉階空佇立宿鳥歸飛急何處是歸程長亭更短亭

湘山野錄此詞不知何人寫在鼎州滄水驛樓復不知何人所撰魏道輔泰見而愛之後至長沙得古風集於子宣內翰家乃知李白所作

詞苑叢談今詩餘名望江南外菩薩蠻憶秦娥稱最古以草堂二詞出太白也近世文人學士或以爲實然予謂太白在當時直以風雅自任即近體盛行七言律鄙不肯爲甯屑事此且二詞雖工麗而氣衰颯于太白超然之致不啻穹壤藉令眞出青蓮必不作如是語詳其意調絕類溫方城輩蓋晚唐人詞嫁名太白耳杜陽雜編云大中初女蠻國貢雙龍犀明霞錦其國人危鬢金冠纓絡被體故謂之菩薩蠻當時倡優遂歌菩薩蠻曲文士亦往往效其詞南部新書亦載此事則太白之世唐尚未有斯題何得預塡斯曲耶又北夢瑣言云宣宗愛唱菩薩蠻詞令狐丞相假飛卿所撰密進之戒以勿洩而遽言於人由是疏之按

大中郎宣宗年號此詞新播故人喜歌之予屢疑近飛卿
至是釋然自信具隻眼也

憶秦娥　秋思

簫聲咽秦娥夢斷秦樓月秦樓月年年柳色灞陵傷別　樂遊
原上清秋節咸陽古道音塵絕音塵絕西風殘照漢家陵闕

顧起綸花菴詞選䟦唐人作長短詞乃古樂府之濫觴也
李太白首倡憶秦娥悽惋流麗頗臻其妙爲千古詞家之
祖

松窗雜錄開元中禁中初重木芍藥即今牡丹也得四本
紅紫淺紅通白者上因移植於興慶池東沈香亭前會花
方繁開上乘月夜召太眞妃以步輦從詔特選梨園弟子
中尤者得樂十六色李龜年以歌擅一時之名手捧檀板
押衆樂前欲歌之上曰賞名花對妃子焉用舊樂爲遂命
龜年持金花牋宣賜翰林學士李白進清平調詞三章白
欣承詔旨猶苦宿酲未解因援筆賦之雲想衣裳花想容
春風拂檻露華濃若非羣玉山頭見會向瑤臺月下逢一
枝紅豔露凝香雲雨巫山枉斷腸借問漢宮誰得似可憐

飛燕倚新妝名花傾國兩相歡長得君王帶笑看解釋春
風無限恨沈香亭北倚闌干龜年遽以詞進上命梨園弟
子約略調撫絲竹遂促龜年以歌太眞妃持頗梨七寶盃
酌西涼州葡萄酒笑領意甚厚上因調玉笛以倚曲每曲
遍將換則遲其聲以媚之太眞飲罷飾繡巾重拜上意龜
年嘗話於五王獨憶以歌得自勝者無出於此抑亦一時
之極致耳上自是顧李翰林尤異於他學士會高力士終
以脫烏皮六縫爲深恥異日太眞妃重吟前詞力士戲曰
始謂妃子怨李白深入骨髓何拳拳如是太眞妃因驚曰
何翰林學士能辱人如斯力士曰以飛燕指妃子是賤之
甚矣太眞頗深然之上欲命李白官卒爲宮中所捍而止

野客叢書李白事所說不一魏顥作集序曰上皇豫游
召白白時爲貴朋遊飲比至半醉令製出師詔不草而就
許中書舍人以張洎譖遂游海岱閒年五十餘尚無祿位
樂史作別集序則又曰上與太眞在沈香亭賞木芍藥命
李龜年持金花牋宣賜李白立進清平詞白宿酲未解援
筆賦之會高力士挾脫鞾之恨譖白於妃由是上三欲官
白輒爲妃沮劉令白作碣記又曰天寶初元宗辟翰林待
詔因爲和蕃書並上宣唐鴻猷一篇上重之欲以綸誥之
任委之爲同列者所謗詔令歸山遂浪跡天下范傳正新

墓碑曰天寶初召見於金鑾殿論當世務草荅蕃書元宗
嘉之遂直翰林專掌密命將處司言之任他日泛白蓮池
公不在宴皇歡旣洽召公作序時公被酒於翰苑中命高
將軍扶以登舟優寵如是旣而上疏請還舊山元宗甚愛
其才或慮乘醉出入省中不能不言溫室樹恐掇後患惜
而逐之其說紛紜不同如此惟樂史所說頗與傳文合傳
曰白供奉翰林猶與飲徒醉於市帝坐沈香亭意有所感
欲得白爲樂章召入而白已醉左右以水頮面稍解授筆
成文婉麗精切帝愛其才白嘗侍帝醉使高力士脫韡力
士恥之摘其詩以激貴妃帝欲官白妃輒沮之白自知不
爲親近所容懇求歸山帝賜金放還所載亦如此云云
夢溪筆談小曲有咸陽沽酒寶釵空之句云是李白所製
然李白集中有清平樂詞四首獨欠是詩而花間集所載
咸陽沽酒寶釵空乃云是張似所爲莫知孰是也
茗溪漁隱叢話桂花曲云仙女侍董雙成桂殿夜涼吹玉
笙曲終卻從仙官去萬戶千門空月明河漢女玉練顏雲
輧往往到人間九霄有路去無際裊裊天風吹珮環此曲
許彥周詩話謂是李衛公所作湘江詩話謂是均州武當
山石璧上刻之云神仙作未詳孰是　按詞綜載此詞調
名桂殿秋自河漢女以下另爲一首并引吳虎臣云此太

白詞也有得於石刻而無其腔劉無言倚其聲歌之音極
清雅
摭言李太白謁賀知章知章曰公非人世之人可不是太
白星精耶
倸鯖錄李白開元中謁宰相封一板上題曰海上釣鼇客
李白相問曰先生臨滄海釣巨鼇以何物爲鉤緡白曰以
風浪逸其情乾坤縱其志以虹霓爲絲明月爲鉤又曰何
物爲餌曰以天下無義氣丈夫爲餌時相悚然　李白墳
在太平州采石磯民家茱圖中游人亦多留詩然州之南
有青山乃有正墳或云太白平生愛謝家青山葬其處采
石特空墳耳世傳太白過采石酒狂挺月竊意當時藁葬
於此至范侍郎爲遷空青山焉　東坡先生在嶺南言元
祐中有見李白酒肆中誦其近詩云朝披夢澤雲笠釣青
茫茫此非世人語也少游嘗手錄其全篇少游敍云觀頃
在京師有道人相訪風骨甚異語論不凡自云嘗與物外
諸公往還口誦二篇云東華上清監清逸眞人李白作也
云云
龍城錄退之嘗言李太白得仙去元和初有人自北海來
見太白與一道士在高山上笑語久之頭道士於雲霧中
跨赤蚪而去太白聳身健步追及共乘之而東去此亦可

[illegible]天寶初召見於金鑾殿[illegible]

[illegible]遂直翰林專掌密命[illegible]

[illegible]

詞譜卷一

三

[illegible]賀知章[illegible]知章曰公非人世之人可不是太白[illegible]

[illegible]

駭也

王建

建字仲初潁州人大歷十年進士官昭應縣丞轉太常寺丞終陝州司馬建與張籍友善工爲樂府故張王並稱

黃叔暘云有宮詞百首甚工

許彥周云張籍王建樂府宮詞皆傑出所不能追逐李杜者氣不勝耳

調笑令　宮詞

顧起綸花菴詞選跋王仲初古調笑融情會景猶不失題旨

雲煙過眼續錄楊元誠家所藏王建親書宮詞小詩一百二十首極其宛轉妖麗令人罕能及後有錢武肅王印押

團扇團扇美人並來遮面玉顏憔悴三年誰復商量管絃絃管絃管春草昭陽路斷

蓋宣和內府物也其字皆章草

輟耕錄今之入宅與遷居者鄰里醵金治具過主人飲謂之曰煖屋或曰煖房王建宮詞太儀前日煖房來則煖屋之禮其來尚矣

入月二字尤新王建宮詞密奏君王知入月喚人相伴洗裍裍

世之曰乞求蓋謂正欲若是也然唐時已有此言王建宮詞只恐他時身到此乞求自在得還家又花蘂夫人宮詞種得海棠纔結子乞求自過與君王

西溪叢話王建宮詞延英引對綠衣郎紅硯宣毫各別牀天子下簾親自問宮人手裏過茶湯恐是用紅絲硯江南李氏時猶重之云云

茗溪漁隱叢話王建宮詞云御廚不食索時新每見花開即苦春白日臥多嬌似病隔簾教喚女醫人花蘂夫人宮詞云廚船進食簇時新侍宴無非列近臣日午殿頭宣索鱠隔花催喚打魚人

二詞記事則異造語頗同第花蘂之詞工王建爲不及也

唐王建宮詞舊跋云王建太和中爲陝州司馬與韓愈張籍同時而籍相友善工爲樂府歌行思遠格幽初爲渭南尉與官者王守澄有宗人之分因過飲以相譏戲守澄深憾曰吾弟所作宮詞禁掖深邃何以知之將奏劾建因以詩解之曰先朝行坐鎮相隨令上

春宮見長時脫下御衣偏得著進來龍馬每教騎嘗承密旨還家少獨奏邀情出殿遲不是常家頻向說九重爭遣外人知事遂寢宮詞凡百絕天下傳播效此體者雖有數家而建爲之祖耳

白居易

居易字樂天下邽人貞元十四年進士拔萃官集賢校理入爲翰林學士遷左拾遺母喪歸還拜左贊善以言事貶江州司馬後入爲中書舍人外遷爲杭州刺史又爲蘇州刺史文宗立召遷刑部侍郎太和中以朝多黨禍移病還開成中起改太子少傅會昌初以刑部尚書致仕卒贈僕射謚文有長慶集

顧起綸云白樂天始調換頭去題漸遠揆之本來詞體稍變矣

長相思 別情

汴水流泗水流流到瓜州古渡頭吳山點點愁 思悠悠恨悠悠恨到歸時方始休月明人倚樓

黃叔暘云此詞上四句皆談錢唐景又云非後世作者所及 按泗水在今徐州府城東北受汴水合流而東南入邳州韓愈詩汴泗交流郡城角是也瓜州即瓜洲渡在今揚州府南皆屬江北地與錢唐相去甚遠叔暘謂談錢唐景未知所指

中吳紀聞白樂天爲郡時嘗攜容滿蟬態等十妓夜游西武邱寺嘗賦紀游詩其末云領郡時將久遊山數幾何一年十二度非少亦非多可見當時郡政多暇而吏議甚寬使在今日必以罪去矣

杭州府志前輩任杭州而去者雖其山水清佳亦其民風淳懦易感也白樂天憶江南云江南憶最憶是杭州山寺月中尋桂子郡亭枕上看潮頭何日更重遊白公之戀戀於舊遊蓋必有以取之爾

東坡志林與郭生遊寒溪主簿吳亮置酒郭生善作挽歌酒酣發聲坐爲悽然郭生言恨無佳詞因爲略改樂天寒食詩歌之坐客有泣者其詞曰烏啼雀噪昏喬木清明寒食誰家哭風吹曠野紙錢飛古墓纍纍春草綠棠梨花映白楊路盡是死生離別處冥漠重泉哭不聞蕭蕭暮雨人歸去每句雜以散聲

詞苑叢談一樹春風萬萬枝嫩於金色軟於絲永豐坊裏

[illegible]

白居易

[illegible]

長相思 別情

汴水流 泗水流 流到瓜洲古渡頭 吳山點點愁

思悠悠 恨悠悠 恨到歸時方始休 月明人倚樓

[illegible]

東南角盡日無人屬阿誰此名柳枝詞相傳白傳爲小蠻作也宣宗朝樂工唱之上取永豐柳兩枝植禁中白感上意又爲詩云定知此後天文裏柳宿光中添兩星

溫庭筠

庭筠本名岐字飛卿并州人累舉不第大中末以上書授方山尉仍失意歸與令狐綯不協薄爲有才無行徐商知政事用爲國子助教商罷尋廢著有握蘭金荃等集

黃叔暘云飛卿詞極流麗宜爲花閒集之冠

張叔夏云詞之難於令曲如詩之難於絕句不過十數句一句一字閒不得末句最當留意有有餘不盡之意始佳當以唐花閒集中韋莊溫飛卿爲則

尤展成云飛卿玉樓春更漏子爲詞擅場

更漏子 本意

柳絲長春雨細花外漏聲迢遞驚塞雁起城烏畫屏金鷓鴣

香霧薄透重幙惆悵謝家池閣紅燭背繡簾垂夢君君不知

草堂詩餘溫飛卿玉樓春云家臨長信往來道乳燕雙雙拂煙草油壁車輕金犢肥流蘇帳曉春鷄報籠中嬌鳥暖猶睡簾外落花閑不掃衰桃一樹近前池似惜容顏鏡中老

北夢瑣言宣宗嘗賦詩上句有金步搖未能對遣未第進士對之庭筠乃以玉條脫續之宣宗賞焉又藥名有白頭翁溫以蒼耳子爲對他皆此類也宣宗愛唱菩薩蠻詞令狐相國假其新撰密進之戒令勿洩而遽言於人由是疏之

雲溪友議裴郎中諴晉國公次子也足情調善談諧與舉子溫岐爲友好作歌曲迄今飲席多是其詞焉又二人又爲新添聲楊柳枝詞飲筵競唱其詞而打令也又曰溫詞曰一尺深紅朦麴塵舊物天生如此新合歡桃核終堪恨裏許元來別有人又井底點燈深燭伊共郎長對莫圍棊玲瓏骰子安紅豆入骨相思知不知云云

苕溪漁隱叢話溫庭筠湖陰曲警句云吳波不動楚山遠花壓闌干春晝長庭筠工於造語極爲綺靡花閒集可見矣更漏子一詞尤佳其詞云玉爐香紅蠟淚偏照畫堂秋思眉翠薄鬢雲殘夜長衾枕寒梧桐樹三更雨不道離情甚苦一葉葉一聲聲空階滴到明

詞苑叢談唐宣宗愛唱菩薩蠻令狐丞相托溫飛卿撰進宣宗使宮嬪歌之詞云玉纖彈處眞珠落流多暗濕鉛華薄春露浥朝花秋波浸晚霞風流心上物本爲風流出看取薄情人羅衣無此痕又云南園滿地堆輕絮愁聞一霎清明雨雨後卻斜陽杏花零落香無言彈睡臉枕上屏山掩時節欲黃昏無憀獨倚門又云夜來皓月才當午重簾悄悄無人語深處麝煙長臥時留薄妝當年還自惜往事那堪憶花露月明殘錦衾知曉寒又云雨晴夜合玲瓏月萬枝香嫋紅絲拂閒夢憶金堂滿庭萱草長繡簾垂䍦眉黛遠山綠春水渡溪橋憑欄魂欲銷又云竹風輕動庭除冷珠簾月上玲瓏影山枕隱濃妝綠檀金鳳皇兩蛾愁黛淺故國吳宮遠春恨正關情畫樓殘點聲

南唐中主

中主名璟姓李氏字伯玉初名景通昪長子昪元七年三月己卯嗣位改元保大十五年改元中興是年臣屬於周奉正朔蓋周顯德五年也宋建隆元年六月己未薨年四十六請於宋許復帝號謚曰明道崇德文宣孝皇帝廟號元宗葬順陵

攤破浣溪沙 秋恨

菡萏香銷翠葉殘西風愁起綠波間還與韶光共憔悴不堪看細雨夢回雞塞遠小樓吹徹玉笙寒多少淚珠何限恨倚闌干

藝苑卮言花間猶傷促碎至李主父子而妙矣風乍起吹縐一池春水干卿何事曰未若陛下小樓吹徹玉笙寒此語不可聞鄰國然固是詞林本色佳話

南唐書王感化善謳歌聲韻悠揚清振林木繫樂府爲歌板色元宗嘗作浣溪沙詞二闋手寫賜感化曰菡萏香銷翠葉殘西風愁起碧波間還與容光共憔悴不堪看細雨夢回雞塞遠小樓吹徹玉笙寒簌簌淚珠多少恨倚闌干手捲珠簾上玉鉤依前春恨鎖重樓風裏落花誰是主思悠悠青鳥不傳雲外信丁香暗結雨中愁回首綠波三峽暮接天流後主即位感化以其詞札上之後主感動賞賜甚優

漫叟詩話李璟有詩云手捲眞珠上玉鉤後人改作珠簾

此非知音者

十國春秋楊花飛者保大初居樂部元宗初嗣位春秋鼎盛留心内寵宴私擊鞠略無虛日常乘醉命花飛奏水調詞進酒花飛惟歌南朝天子愛風流一句如是者數四元宗一悟覆杯大憚厚賜金帛以旌敢言且曰使孫陳二王得此一語固不當有銜璧之辱也

詩史宋翹仕江南為縣令甚疏逸有詩云好是晚來香雨裏擔簦親送綺羅人李璟聞之處以閒曹又有僧庭實獻詩云吟中雙鬢白笑裏一生貧璟曰詩以言志終是寒薄束帛遣之

南唐後主

後主名煜字重光初名重嘉璟第六子宋建隆二年六月嗣立在位十七年至開寶八年十一月宋將曹彬滅其國後主降太平興國三年七月辛卯薨年四十二是日七夕也贈太師封吳王葬洛陽北邙山

憶江南 懷舊

多少恨昨夜夢魂中還似舊時遊上苑車如流水馬如龍花月正春風

擣練子 秋閨

深院靜小庭空斷續寒碪斷續風無奈夜長人不寐數聲和月到簾櫳

詞苑叢談李重光深院靜小令一闋升菴曰詞名擣練子即詠擣練也復有雲鬟亂一篇其詞亦同眾刻無異嘗見一舊本則俱係鷓鴣天二詞之前各有半闋其雲鬟亂一闋云節候雖佳景漸闌吳綾已暖越羅寒朱扉日暮隨風掩一樹藤花獨自看雲鬟亂晚妝殘帶恨眉兒遠岫攢斜托香腮春筍嫩為誰和淚倚闌干其深院靜一闋云塘水初澄似玉容所思還在別離中誰知九月初三夜露似珍珠月似弓深院靜小庭空斷續寒碪斷續風無奈夜寒人不寐數聲和月到簾櫳

相見歡 秋閨

無言獨上西樓月如鉤寂寞梧桐深院鎖清秋　翦不斷理還亂是離愁別是一般滋味在心頭

詞苑叢談南唐李後主烏夜啼詞最爲悽惋詞曰無言獨上西樓云云所謂亡國之音哀以思也　按此乃黃叔暘本蘇黃門語

浪淘沙　懷舊

簾外雨潺潺春意闌珊羅衾不耐五更寒夢裏不知身是客一餉貪歡　獨自莫憑欄無限江山別時容易見時難流水落花春去也天上人間

西清詩話南唐李後主歸朝後每懷江國且念嬪妾散落鬱鬱不自聊常作長短句云云含思悽惋未幾下世

復齋漫錄顏氏家訓言別易會難古人所重江南餞送下泣言離北間風俗不屑此事歧路言離歡言分手李後主蓋用此語耳故長短句云別時容易見時難

虞美人　感舊

春花秋月何時了往事知多少小樓昨夜又東風故國不堪回首月明中　雕欄玉砌應猶在只是朱顏改問君還有幾多愁恰似一江春水向東流

南唐書注後主樂府詞曰故國夢重歸覺來雙淚垂又小樓昨夜又東風故國不堪回首月明中皆思故國者也

野客叢書後山詩話載王平甫子斿謂秦少游愁如海之句出於江南李後主問君能有幾多愁恰似一江春水向東流之意僕謂後主之意又有所自樂天詩曰欲識愁多少高於灩澦堆劉禹錫詩曰蜀江春水拍山流水流無限似儂愁得非祖此乎則知好處前人皆已道過後人但翻而用之耳

藝苑卮言歸來休放燭花紅待踏馬蹄清夜月致語也問君能有幾多愁卻似一江春水向東流情語也後主直是

詞手
瑯嬛記紫竹愛綴詞一日手李後主集其父元伯問曰後
主詞中何處最佳荅曰問君能有幾多愁恰似一江春水
向東流
避暑漫鈔李煜歸朝後鬱鬱不樂見於詞語在賜第七夕
命故妓作樂聞於外太宗怒又傳小樓昨夜又東風並坐
之遂被禍龍衮江南錄云李國主小周后隨後主歸朝封
鄭國夫人例隨命婦入宮每一入輒數日出必大泣罵後
主聲聞於外後主宛轉避之又韓玉汝家有李國主歸朝
後與金陵舊宮人書云此中日夕只以眼淚洗面
默記徐鉉歸朝爲左散騎常侍遷給事中太宗一日問曾
見李煜否鉉對以臣安敢私見之上曰卿第詣之但言朕
令卿往見可矣鉉遂徑詣其居望門下馬但一老卒守門徐
言願見太尉卒言有旨不得與外人接鉉云奉旨來見老
吏進報徐入立庭下久之老卒遂取舊椅子相對鉉遙見
止之曰但正衙一椅足矣頃間李主紗帽道服而出鉉方
拜而遽下階引其手以上鉉辭賓主之禮李主曰今日豈
有此禮鉉引椅少偏乃敢坐後主相持大笑及坐默不言
忽長吁歎曰當時悔殺了潘佑李平鉉既去有旨召對詢
後主何言鉉不敢隱遂有秦王賜牽機藥之事牽機藥者
服之前卻數十回頭足相就如牽機狀又後主七夕在賜
第命故妓作樂聲聞於外太宗聞之大怒又傳小樓昨夜
又東風及一江春水向東流之句并坐之遂被禍云
蓉槎蠡說司馬君問劉禪頗思蜀否應此間樂不思蜀及
再問云云曰何乃似郤正語禪驚視誠如尊命人笑禪騃
不知禪黠小樓一夜又東風歌聲未畢牽機隨至郎善謏
如降王長亦不免宋祖且然何況司馬禪蓋夙承失著家
法又漸染於申韓之書故機警猝發若此彼嗜驢肉飲盡
一石者伯仲之間見伊呂矣
因樹屋書影南唐李後主以七月七日生亦以七月七日
死吳越王俶以八月二十四日生亦以八月二十四日死
兩王生死相同如此海鹽姚叔祥云後主以故國不堪回
首句及徐鉉所探語賜牽機藥死忠懿荷禮最優宜無他
顧兩王皆以鉉生辰死者蓋銜忌未消各借生辰賜酒陰斃
之耳
花草蒙拾鍾隱入汴後春花秋月諸詞與此中日夕只以
眼淚洗面一帖同是千古情種較長城公煞是可憐

一斛珠 香口

一斛珠　香口

主詞中何處最佳答曰問君能有幾多愁恰似一江春水
向東流

晚妝初過沈檀輕注些兒箇向人微露丁香顆一曲清歌暫引櫻桃破　羅袖裛殘殷色可杯深旋被香醪涴繡牀斜凭嬌無那爛嚼紅絨笑向檀郎唾

詞筌詞家多翻詩意入詞雖名流不免吾常愛李後主一斛珠末句云繡牀斜凭嬌無那爛嚼紅絨笑向檀郎唾楊孟載春繡絕句云閒情正在停鍼處笑嚼紅絨唾北窗此卻翻詞入詩彌子瑕竟效顰於南子

墨莊漫錄宣和間蔡寶臣致君收南唐後主書數軸來京師以獻蔡條約之其一乃王師攻金陵城垂破時倉皇中作一疏禱於釋氏願兵退之後許造佛像若干身菩薩若干身齋僧若干萬員建殿宇若干所其數皆甚多字畫潦草然皆遒勁可愛蓋危窘急迫中所書也又有看經發願文自稱蓮峰居士李煜又有長短句臨江仙云櫻桃結子春光盡蝶翻金粉雙飛子規啼月小樓西玉鉤羅幕惆悵捲金泥門巷寂寥人去後望殘煙草低迷而無尾句劉延仲為補之曰何時重聽玉驄嘶撲簾飛絮依約夢回時

耆舊續聞蔡條作西清詩話載江南李後主臨江仙云圍城中書其尾不全以予攷之殆不然予家藏李後主七佛戒經又雜書二本皆作梵葉中有臨江仙塗註數字未嘗不全其後則書太白詞數章是平日學書也本江南中書舍人王克正家物歸陳魏之孫世功君懋予也陳氏其壻詞云櫻桃落盡春歸去蝶翻輕粉雙飛子規啼月小樓西玉鉤羅幕惆悵暮煙垂別巷寂寥人散後望殘煙草低迷爐香閒裊鳳皇兒空持羅帶回首恨依依後有蘇子由題云淒涼怨慕眞亡國之音也

康伯可瑞鶴仙令補足李重光詞云櫻桃落盡春歸去蝶翻金粉雙飛子規啼恨小樓西曲屏朱箔晚惆悵卷金泥門巷寂寥人去後望殘煙草低迷閒尋舊曲玉笙悲關山千里恨雲漢月重規

希通錄項羽夜聞漢軍四面皆楚歌泣數行下歌曰力拔山兮氣蓋世時不利兮騅不逝騅不逝兮可奈何虞兮虞兮奈若何東坡志林載李後主去國之詞云四十年來家國八千里地山河曾幾識干戈一旦歸為臣虜沈腰潘鬢消磨最是倉皇辭廟日教坊猶奏別離歌揮淚對宮娥東坡謂後主當慟哭九廟下謝其民而行卻乃揮淚宮娥聽教坊離曲哉歌辭悽惋同歸一揆然項王悲歌慷慨猶有喑嗚叱咤之氣後主直是養成一兒女子態耳

江鄰幾雜志李後主於清微歌樓上春寒水四面學士刁衎起奏陛下未覩其大者遠者爾人疑其有規諷訊之云風作起吹綵一池春水又作紅羅亭子四面栽紅梅花作豔曲歌之韓熙載和云桃李不須誇爛漫已輸了風吹一半時淮南已歸周

捫蝨新語李氏據江南全盛時宮中詞曰簾日已高三丈透金爐次第添香獸紅錦地衣隨步縐佳人舞徹金釵溜酒惡時拈花藥嗅別院時聞簫鼓奏議者謂與時挑野菜和根煮旋砍生柴帶葉燒者異矣

侯鯖錄金陵人謂中酒曰酒惡則知後主詩曰酒惡時拈花藥嗅用鄉人語也

雁門埜記亡國之音信然不止玉樹後庭花也南唐後主精於音律凡度曲莫非奇絕開寶中國將除自撰念家山一曲旣而廣念家山破其識可知也宮中民間日夜奏之未及兩月傳滿江南

詞品唐詞眼重眉裼不勝春李後主詞多少淚斷臉復橫頤元樂府眼餘眉剩皆祖唐詞之語東坡全集心事數莖白髮生涯一片青山空山有雪相待野路無人自還李主好書神仙隱遁之詞豈非遭羅多故欲脫世網而不得者耶

古今詩話張文懿家有春江釣叟圖上有李後主漁父詞二首其一曰浪花有意千重雪桃花無言一隊春一壺酒一竿綸世上如儂有幾人其二曰一棹春風一葉舟一綸蠒縷一輕鉤花滿渚酒滿甌萬頃波中得自由

詞苑叢談李後主宮中未嘗點燭每至夜則懸大寶珠光照一室如日中嘗賦玉樓春宮詞曰晚妝初了明肌雪春殿嫦娥魚貫列笙簫吹斷水雲閒重按霓裳歌遍徹臨春誰更飄香屑醉拍闌干情未切歸時休照燭花紅待放馬蹄清夜月玉阮亭南唐宮詞云花下投籤漏滴壺奏淮宮殿浸虛無從兹明月無顏色御閣新懸照夜珠極能道其遺事

南唐書載後主繼室周后卽昭惠后之妹也昭惠感疾后常在禁中先與後主私後主作菩薩蠻云花明月暗飛輕霧今宵好向郎邊去剗韈步香階手提金縷鞋畫堂南畔見一晌偎人顫奴爲出來難教郎恣意憐此詞遂傳播於外至納后乃成禮而已大讌羣臣韓熙載以下皆爲詩諷焉後主不之譴

江南野錄劉洞嘗以詩獻李煜首篇名石城懷古云石城古岸頭一望思悠悠幾許六朝事不禁江水流後主覽之掩卷改容

詩話總龜貫魏公尹京日忽有人來展謁刺曰前江南國

主李煜相見則一清癯道士耳公曰太師已物故何得及此曰某幼時探釋氏未達誤有所見今爲師子國王偶思鍾山而來懷中取一詩授公曰異國非所志煩勞殊清閒驚濤千萬里無乃見鍾山公讀之隨手灰滅

曠園雜志會稽金煜字子藏一目有重瞳子其母弟馬王超挾粤東一扶乩客來見煜驚曰此南唐李後主後身也後主見馬太君詞而善之爲之願見其遭逢不能遠過後主得乎戍失乎戍識之識之乃呼玉超命縛乩以筆書一詞去煜祖太常公笑曰彼知後主亦名煜故妄言耳及閱陸游南唐書曰煜一目重瞳子乃大驚後煜年十九中順治戊戌進士授剡城知縣康熙庚戌罷官甲戌死歿後主於南唐建隆三年壬戌即位至開寶七年甲戌而國亡身殞得失果皆同

馮延巳

延巳字正中其先彭城人唐末徙家新安事南唐爲左僕射同平章事有陽春錄一卷

陳世脩序云馮公全外舍祖樂府思深詞麗韻逸調新

謁金門

風乍起吹皺一池春水閒引鴛鴦芳徑裏手挼紅杏蕊　鬭鴨闌干獨倚碧玉搔頭斜墜終日望君君不至舉頭聞鵲喜

說郛南唐馮延巳詞有鬭鴨闌干獨倚之句人疑鴨未嘗鬭余按三國志孫權傳註引江表傳魏文帝遣使求鬭鴨羣臣奏宜無與權曰彼居諒陰中所求若此豈可與言禮哉具以與之陸遜傳建昌侯慮作鬭鴨闌遜曰君侯宜勤覽經典用此何爲南史王僧達傳僧達爲太子舍人坐屬疾而往揚州橋觀鬭鴨爲有司所劾新唐書齊王祐善養鬭鴨方未反時狸咋鴨四十餘絕其頭去及敗牽連誅死者四十餘人則古蓋有之

馬書本傳馮延巳著樂府百餘闋其鶴沖天詞云曉月墜宿雲披銀燭錦屏闈建章鐘動玉繩低宮漏出花遲又歸國謠云江水碧江上何人吹玉笛扁舟遠送瀟湘客蘆花千里霜月白傷行色明朝便是關山隔見稱於世元宗樂府詞云小樓吹徹玉笙寒延巳有風乍起吹皺一池春水之句皆爲警策元宗嘗戲延巳曰吹皺一池春水干卿何事

[illegible]

馮延巳 [illegible]

謁金門

風乍起吹皺一池春水閒引鴛鴦芳徑裏手挼紅杏蕊鬥鴨闌干獨倚碧玉搔頭斜墜終日望君君不至舉頭聞鵲喜

[illegible]

延已曰未如陛下小樓吹徹玉笙寒元宗悅

侯鯖錄余往在都中見一士大夫家收南唐李後主一詞下有馮延已三字詞中復云聖壽南山永同恐延已作也詞云銅壺漏滴初盡高閣雞鳴半空催啟五更金鎖猶垂三殿珠櫳階前御柳搖綠仗下宮花散紅鴛氏數行曉日鸞旂百尺春風侍臣蹈舞重拜聖壽南山永同

詞苑叢談南唐宰相馮延已有樂府一章名長命女云春日宴綠酒一杯歌一遍再拜陳三願一願郎君千歲二願妾身長健三願如同梁上燕歲歲長相見其後有以其詞改為雨中花云云昧馮公之詞典雅豐容雖置在古樂府可以無愧一遭俗子竄易不惟句意重複而鄙惡甚矣

詩史南唐元宗優待藩邸舊僚馮延已自元帥府書記至中書侍郎遂相時論以為非才江文蔚因其弟延魯禍州敗亡請從退削乃出撫州秩滿還因赴內宴進詩曰青樓阿監應相笑書記登壇又卻回

寇準

準字平仲下邽人太平興國中進士累官尚書右僕射集賢殿大學士景德中同中書門下平章事封萊國公為丁謂所搆乾興初貶雷州司戶參軍卒贈中書令謚忠愍有巴東集

踏莎行 春暮

春色將闌鶯聲漸老紅英落盡青梅小畫堂人靜雨濛濛屏山半掩餘香裊　密約沈沈離情杳杳菱花塵滿慵將照倚樓無語欲銷魂長空黯淡連芳草

湘山野錄寇萊公嘗曰母氏言吾初生兩耳垂有肉環數歲方合自疑嘗為異僧好遊佛寺過虛窗靜院惟喜與僧談真公歷富貴四十年無田園邸第入覲則寄僧舍或僦居在大名日自出題試貢士曰公儀休拔園葵賦霍將軍辭治第詩此其志也詩人魏野獻詩曰有官居鼎鼐無宅起樓臺采詩者以為中的虜使至大名問公曰莫是無宅起樓臺相公否公因早春宴客自撰樂府詞俾工歌之曰春早柳絲無力低拂青門道暖日籠啼鳥初坼桃花小遙望碧天淨如掃曳一縷輕煙縹緲堪惜流年謝芳草任玉壺傾倒

夢溪筆談柘枝舊曲遍數極多如羯鼓錄所謂渾脫解之類今無復此遍寇萊公好柘枝舞會客必舞柘枝每舞必盡日時謂之柘枝顛今鳳翔有一老尼猶萊公時柘枝妓云當時柘枝尚有數十遍今日所舞柘枝比當時十不得二三老尼尚能記其曲好事者往往傳之

苕溪漁隱叢話忠愍詩思悽惋蓋富於情者如江南春云波渺渺柳依依孤村芳草遠斜日杏花飛江南春盡離腸斷蘋滿汀洲人未歸又云杳杳煙波隔千里白蘋香散東風起日落汀洲一望時愁情不斷如春水觀此語意疑若優柔無斷者至其端委廟堂決澶淵之策其氣銳然奮仁者之勇全與此詩意不相類蓋人之難知也如此按詞律江南春詞注或曰此萊公自度曲他無作者余謂唐李青蓮詩秋風清秋月明落葉聚還散寒鴉棲復驚相思相見知何日此時此夜難為情即此調之濫觴耳

詞苑叢談寇萊公夜度娘曲云煙波渺渺一千里白蘋香散東風起惆悵汀洲日暮時柔情不斷如春水升菴舉似大復認為唐音

葉清臣

清臣字道卿長洲人天聖初進士歷官翰林學士權三司使罷知河陽卒贈左諫議大夫有集

賀聖朝 留別

滿斟綠醑留君住莫匆匆歸去三分春色二分愁更一分風雨花開花謝都來幾許且高歌休訴不知來歲牡丹時再相逢何處

范仲淹

仲淹字希文吳縣人大中祥符八年進士仕至樞密副使參知政事卒贈兵部尚書楚國公謚文正有集

御街行 離懷

紛紛墜葉飄香砌夜寂靜寒聲碎真珠簾捲玉樓空天淡銀河垂地年年今夜月華如練長是人千里　愁腸已斷無由醉酒

來到先成淚殘燈明滅枕頭攲諳盡孤眠滋味都來此事眉間心上無計相迴避

詞苑叢談范文正司馬溫公韓魏公皆一時名德重望范御街行云云韓㸃絳脣詞曰病起懨懨庭前花樹添憔悴亂紅飄砌滴盡珍珠淚惆悵前春誰向花前醉愁無際武陵凝睇人遠波空翠云云人非太上未免有情當不以此類其白璧也

漁家傲 秋思

塞下秋來風景異衡陽雁去無留意四面邊聲連角起千嶂裏長煙落日孤城閉 濁酒一杯家萬里燕然未勒歸無計羌管悠悠霜滿地人不寐將軍白髮征夫淚

東軒筆錄范文正守邊日作漁家傲樂歌數闋皆以塞下秋來爲首句頗述鎮邊之勞苦歐陽公嘗呼爲窮塞主之詞及王尚書素出守平涼文忠亦作漁家傲一詞以送之其斷章曰戰勝歸來飛捷奏傾賀酒玉階遥獻南山壽顧謂王曰此眞元帥之事也

蘇幕遮 懷舊

碧雲天黃葉地秋色連波波上寒煙翠山映斜陽天接水芳草無情更在斜陽外 黯鄉魂追旅思夜夜除非好夢留人睡明月樓高休獨倚酒入愁腸化作相思淚

湘山野錄范文正公謫睦州過嚴陵祠下會吳俗歲祀里巫迎神但歌滿江紅有桐江好煙漠漠波似染山如削遶嚴陵灘畔鷺飛魚躍之句公曰吾不善音律撰一絶送神曰漢包六合網英豪一箇冥鴻惜羽毛世祖功臣三十六雲臺爭似釣臺高吳俗至今歌之

中吳紀聞范文正與歐陽文忠公席上分題作剔銀燈皆寓勸世之意文正云昨夜因看蜀志笑曹操孫權劉備用盡機關徒勞心力只得三分天地屈指細尋思爭如共劉

伶一醉人世都無百歲少癡騃老成尪悴只有中間些子年少忍把浮名牽繫一品與千金問白髮如何迴避

老學菴筆記范文正公喜彈琴然平日只彈履霜一操時人謂之范履霜

宋祁

祁字子京安州安陸人徙開封之雍邱天聖中進士累官翰林學士承旨卒贈尚書謚景文有出麾小集西州猥稿

李端叔云宋景文歐陽永叔以餘力游戲而風流閑雅超出塵表

錦纏道 春遊

燕子呢喃景色乍長春晝覩園林萬花如繡海棠經雨燕脂透柳展宮眉翠拂行人首　向郊原踏青恣歌攜手醉醺醺尚尋芳酒問牧童遙指孤村道杏花深處那裏人家有

花菴詞選宋子京鷓鴣天詞云畫轂雕鞍狹路逢一聲腸斷繡簾中身無彩鳳雙飛翼心有靈犀一點通金作屋玉爲籠車如流水馬如龍劉郎已恨蓬山遠更隔蓬山一萬重注云子京過繁臺街逢內家車子中有搴簾者曰小宋也子京歸遂作此詞都下傳唱達於禁中仁宗知之問內人第幾車子何人呼小宋有內人自陳頃侍御宴見宣翰林學士左右內臣曰小宋也時在車子中偶見之呼一聲爾上召子京從容語及子京惶懼無地上笑曰蓬山不遠因以內人賜之又玉樓春詞云東城漸覺風光好縠皺波紋迎客棹綠楊煙外曉雲輕紅杏枝頭春意鬧浮生長恨歡娛少肯愛千金輕一笑爲君持酒勸斜陽且向花間留晚照注云張子野所稱紅杏枝頭春意鬧尚書者也

東軒筆錄宋子京博學能文章天資蘊藉好遊宴以矜持自喜晚年知成都府帶唐書於本任刊修每宴罷盥漱畢開寢門垂簾燃二椽燭媵婢夾侍和墨伸紙遠近觀者知尚書修唐書矣望之如神仙焉多內寵後庭曳羅綺者甚衆嘗宴於錦江偶微寒命取半臂諸婢各送一枚凡十餘枚皆至子京視之茫然恐有厚薄之嫌竟不敢服忍冷而歸

張昇

昇字杲卿韓城人第進士累官參知政事以彰信軍節度使同中書門下平章事判許州改鎮河陽以太子太師致仕卒贈司徒兼侍中謚康節

離亭燕　懷古

一帶江山如畫風物向秋瀟灑水浸碧天何處斷霽色冷光相射蓼嶼荻花洲掩映竹籬茅舍　雲際客帆高挂煙外酒帘低亞多少六朝興廢事盡入漁樵閑話悵望倚層樓寒日無言西下

過庭錄張康節公居江南有詞云云公晚年鰥居有侍妾晏康奉公甚謹未嘗少違意公嘗召而謂曰吾死亦當從我爾妾亦恭應曰唯命是從公薨妾相繼果死人以為異

歐陽修

修字永叔號六一居士廬陵人第進士歷官禮部侍郎兼翰林侍讀學士拜樞密副使參知政事以太子少師致仕卒贈太子太師謚文忠有六一詞集

羅大經云歐陽公雖游戲作小詞亦無愧唐人花間集

四庫提要云曾慥樂府雅詞序有云歐公一代儒宗風流自命詞章窈眇世所矜式乃小人或作豔曲謬為公詞蔡絛西清詩話云歐陽修之淺近者謂是劉煇所偽作名臣錄亦云修知貢舉為下第舉子劉煇等所忌以醉蓬萊望江南誣之則修詞中已雜他人之作又元豐中崔公度跋馮延已陽春錄謂其間有誤入六一詞者則修詞又或竄入他集蓋在宋時已無定本矣

尤展成云六一婉麗實妙於蘇

訴衷情　眉意

清晨簾幕捲輕霜呵手試梅妝都緣自有離恨故畫作遠山長　思往事惜流光易成傷未歌先斂欲笑還顰最斷人腸

阮郎歸　踏青

南園春半踏青時風和聞馬嘶青梅如豆柳如眉日長蝴蝶飛
花露重草煙低人家簾幕垂鞦韆慵困解羅衣畫堂雙燕歸

南歌子 閒情 草堂詩餘作僧仲殊詞

鳳髻金泥帶龍紋玉掌梳去來窗下笑相扶愛道畫眉深淺入時無 弄筆偎人久描花試手初等閒妨了繡工夫笑問鴛鴦兩字怎生書

按仲殊名揮姓張氏安州進士棄家爲僧居杭州吳山寶月寺有詞七卷

黃叔暘云仲殊之詞多矣佳者固不少而小令爲最小令之中訴衷情一闋又其最盖篇篇奇麗字字清婉高處不減唐人風致也 按花菴詞選載仲殊訴衷情詞凡五首茲并錄存春情云 楚江南岸小青樓樓前人艤舟別來後庭花晚花上夢悠悠山不斷水空流謾凝眸建康宮殿燕子來時多少閒愁 建康云 鍾山影裏看樓臺江煙晚翠開六朝舊時明月清夜滿秦淮 寂寞處兩潮迴黯愁懷汀花雨細水樹風閑又是秋 來寶月寺作云清波門外擁輕衣楊花相送飛西湖又還春晚水樹亂鶯啼閑院宇小簾幃晚初歸鐘聲已過篆香才點月到門時 春詞云長橋春水拍隄沙疎雨帶殘霞幾聲脆管何處橋下有人家宮樹綠晚煙斜噪閑鴉山光無盡水風長在滿面楊花寒食云湧金門外小瀛洲寒食更風流紅船滿湖歌吹花外有高樓晴日暖淡煙浮恣嬉遊三千粉黛十二闌干一片雲頭

東坡志林蘇州仲殊師利和尚能文善詩及歌詞皆操筆立成不點竄一字予日此僧胷中無一毫髮事故與之游

復齋漫錄元豐末張誐樞言龍圖之守杭也一日宴客湖上劉涇巨濟僧仲殊在焉樞言命郎席賦詩曲巨濟先唱云憑誰妙筆橫掃素縑三百尺天下應無此是錢塘湖上圖仲殊遽云一般奇絕雲淡天高秋夜月費盡丹青只這些兒畫不成樞言又出梅花邀二人同賦仲殊郎作前章日江南二月猶有枝頭千點雪邀上芳樽卻占東君一半春巨濟不能繼也後陳襲善云我爲續之曰尊前眼底南國風光都在此移過江來從此江南不復開

中吳紀聞仲殊字師利承天寺僧也初爲士人嘗與鄉薦其妻以藥毒之遂棄家爲僧工於長短句東坡先生與之

往來甚厚時時食蜜解其藥人號曰蜜殊有寶月集行於世慧聚寺僧孚草堂以其喜作豔詞嘗以詩箴之云大道久淩遲正風還隊隳無人整頹綱目亂空傷悲卓有出世士蔚爲人天師文章通造化動與王公知囊括十洲香名翼四海馳肆意放山水灑脫無羈縻雲輕三事衲鉢錫天下之詩曲相鬪作百紙頃刻爲藻思洪泉瀉翰墨清且奇惜哉大手筆胡爲幽柔詞願師持此才奮起革澆漓鷲彼東山高圖祖進豐碑再續輔教編高步淩丹墀他日僧史上萬世爲蓍龜迦葉聞琴舞終被習氣隨伊予浮薄人贈言增忸怩倘能從我言佛日重光離老孚之言雖苦口殊竟莫之改一日造郡中接坐之間見庭下有一婦人投牒立於雨中守命殊詠之口就一詞云濃潤侵衣暗香飄砌雨中花色添憔悴鳳鞋濕透立多時不言不語厭厭地眉上新愁手中文字因何不倩鱗鴻寄想伊只訴薄情人官中誰管閒公事後殊自經於枇杷樹下輕薄子更之曰枇杷樹下立多時不言不語厭厭地

老學菴筆記仲殊長老崇甯中忽上堂辭衆是夕閉方丈門自縊死及火化舍利五色不可勝計鄒忠公爲作詩云逆行天莫測雜作濆中經漚滅風前質蓮開火後形鉢盂殘蜜白鑪象冷煙青空有誰家曲人閒得細聽

臨江仙 妓席

池外輕雷池上雨雨聲滴碎荷聲小樓西角斷虹明闌干私倚處遙見月華生　燕子飛來窺畫棟玉鉤垂下簾旌涼波不動簟紋平水晶雙枕畔猶有墮釵橫

野客叢書歐公詞曰池外輕雷池上雨雨聲滴碎荷聲云云末曰水晶雙枕旁有墮釵橫此詞甚膾炙人口舊說謂歐公爲郡幕日因郡宴與一官妓荏苒郡守得知令妓求歐詞以免過公遂賦此詞僕觀此詞正祖李商隱偶題詩云小亭閒眠微醉消石榴海柏枝相交水紋簟上琥珀枕旁有墮釵雙翠翹又池外輕雷亦用商隱芙蓉塘外有輕雷之語好風微動簾旌用唐花閒集中語歐詞又曰欄干敲遍不應人分明窗下聞裁翦此語見韓偓香奩集一說歐陽永叔任河南推官親一妓時錢文僖公爲西京留守梅聖俞尹師魯同在幕下一日宴於後園客集而歐與妓皆不至移時方來錢責妓云末至何也妓云中暑往涼堂睡覺失金釵猶未見錢曰若得歐推官一詞當爲償汝歐

[illegible]

臨江仙　歐陽

池外輕雷池上雨，雨聲滴碎荷聲。小樓西角斷虹明。闌干私倚處，遙見月華生。　燕子飛來窺畫棟，玉鉤垂下簾旌。涼波不動簟紋平。水晶雙枕畔，猶有墮釵橫。

[illegible]

郎席云云坐皆擊節命妓滿斟送歐而令公庫償釵
湘山野錄歐陽公頃謫滁州一同年將赴閬倅因訪之郎
席爲一曲歌以送曰記得金鑾同唱第春風上國繁華而
今薄宦老天涯十年歧路孤負曲江花閒說閬山通閬苑
樓高不見君家孤城寒日等閒斜離愁無盡紅樹遠連霞
其飄逸清遠皆李白之品流也公不幸晚爲憸人搆豔詞
數曲射之以成其毀予皇祐中都下已聞此闋歌於人口
者二十年矣嗟哉不能爲之力辨
侯鯖錄歐公閒居汝陰時二妓甚穎文公歌詞盡記之筵
上戲約他年當來作守後數年公自維揚果移汝陰其人
已不復見矣視事之明日飲同官湖上種黃楊樹子有詩
畱擷芳亭云柳絮已將春色去海棠應恨我來遲後三十
年東坡作守見詩笑曰杜牧之綠葉成陰之句耶歐陽
永叔浣溪沙云隄上游人逐畫船拍隄春水四垂天綠楊
樓外出鞦韆此翁語甚妙絕只一字是後人著意道不
到處
墨莊漫錄揚州蜀岡上大明寺平山堂前歐陽文忠公手
植柳一株謂之歐公柳公詞所謂手植堂前楊柳別來幾
度春風者薛嗣昌作守相對亦種一株自榜曰薛公柳人
莫不嗤之嗣昌既去爲人伐之不度德有如此者

東坡詞西江月云三過平山堂下半生彈指聲中十年不
見老仙翁壁上龍蛇飛動欲弔文章太守仍歌楊柳春風
休言萬事轉頭空未轉頭時皆夢
老學菴筆記水流天地外山色有無中王維詩也權德輿
晚渡揚子江詩云遠岫有無中片帆煙水上已是用維語
歐陽公長短句云平山闌檻倚晴空山色有無中詩人至
是蓋三用矣然公但以此句施於平山堂爲宜初不自謂
工也東坡先生乃云記取醉翁語山色有無中則似謂歐
陽公創爲此句何哉
三朝言行錄公集三代以來金石刻爲一千卷在滁州時
自號醉翁晚年自號六一居士曰吾集古錄一千卷藏書
一萬卷有琴一張有棋一局而常置酒一壺吾老於其間
是爲六一 行狀
詞苑叢談王銍默記載歐陽公望江南雙調云江南柳葉
小未成陰人爲絲輕那忍折鶯憐枝嫩不勝吟畱取待春
深十四五閒抱琵琶尋堂上簸錢堂下走恁時相見已畱
心何況到如今初歐公有盜甥之疑上表自白云喪厥夫
而無托攜幼女以來歸張氏此時年方七歲錢穆父素恨
公笑曰正是學簸錢時也歐知貢舉下第舉人復作醉蓬
萊詞譏之愚按歐公詞出錢氏私誌蓋錢世昭因公五代

史中多毀吳越故詆之此詞不足信也　歐公小詞間見諸詞集陳氏書錄一卷其閒多有與陽春花閒相混者亦有鄙褻之語一二厠其中當是仇人無名子所爲近有醉翁琴趣外篇凡六卷二百餘首所謂鄙褻之語往往而是不止一二也前題東坡序八九語云散落尊酒間盛爲人所愛詞雖小技其工有取焉者詞氣單陋不類坡作益可以證詞之僞　林賓王荔子離志曰詩餘荔子之詠作者既少遂無擅長獨歐陽公淚淘沙一首感慨悲涼耳詞云五嶺麥秋殘荔子初丹絳紗囊裏水晶丸可惜天教生處遠不近長安往事憶開元妃子偏憐一從魂散馬嵬關只有紅塵無驛使滿眼驪山　庭院深深深幾許楊柳堆煙簾幕無重數金勒雕鞍遊冶處樓高不見章臺路雨橫風狂三月暮門掩梨花無計留春住淚眼問花花不語亂紅飛過鞦韆去此歐陽文忠公蝶戀花春暮詞也李易安酷愛其語遂用作庭院深深數闋云云

司馬光

光字君實夏縣人寶元初中進士甲科累官資政殿學士尚書左僕射兼門下侍郎贈太師溫國公謚文正

西江月　任人

寶髻鬆鬆挽就鉛華淡淡妝成紅煙翠霧罩輕盈飛絮游絲無定　相見爭如不見有情還似無情笙歌散後酒微醒深院月明人靜

侯鯖錄司馬文正公言行俱高然亦每有謔語嘗作詩云從來獄吏少和氣皐陶之狀如削瓜又有長短句云寶髻悤悤梳就鉛華淡淡妝成青煙紫霧罩輕盈飛絮游絲無定相見不如不見有情何似無情笙歌散後酒初醒深院月斜人靜風味極不淺乃西江月詞也

青箱雜記司馬溫公亦嘗作阮郎歸小詞曰漁舟容易入春山仙家日月閑綺窗紗幌映朱顏相逢醉夢閒松露冷海霞殷悤悤整棹還落花寂寂水潺潺重尋此路難

苕溪漁隱叢話云東皐雜錄云世傳溫公有西江月一詞今復得錦堂春云紅日遲遲虛廊轉影槐陰迤邐西斜彩筆工夫難狀晚景煙霞蝶尚不知春去漫遶幽砌尋花奈猛風過后縱有殘紅飛向誰家始知青鬢無價歎飄零宦路

荏苒年華今日笑歌叢裏特地咨嗟席上青衫濕透算感
舊何止琵琶怎不教人易老多少離愁散在天涯
石渠隨筆又嘗見溫公畫像石刻面長鬚眉疏朗尤足起
人敬思

王安石

安石字介甫臨川人舉進士熙甯初同中書門下平章事
封舒國公加司空卒贈太傅諡曰文崇甯中追封舒王有
臨川集詞一卷

桂枝香 金陵懷古

登臨縱目正故國晚秋天氣初蕭灑澄江似練翠峰如簇征
帆去棹殘陽裏背西風酒旗斜矗綵舟雲淡星河鷺起畫圖難
足 念往昔豪華競逐歎門外樓頭悲恨相續千古憑高對此
漫嗟榮辱六朝舊事隨流水但寒煙衰草凝綠至今商女時時
猶唱後庭遺曲

輿地紀勝金陵圖經云昔楚威王見此有王氣埋金以鎮
之故曰金陵 江表傳云張紘謂孫權曰秣陵楚武王所
置名爲金陵昔秦始皇東巡會稽經此縣望氣者云金陵
地形有王者都邑之氣故掘斷連岡改爲秣陵今處所具
存矣
趙師岩聖求詞序世稱少游詩似曲子瞻曲似詩其然乎
至荊公桂枝香詞子瞻稱之云此老眞野狐精也
詞源王荊公金陵桂枝香云云清空中有意趣無筆力者
未易到
山谷詞菩薩蠻王荊公新築草堂於半山引八功德水作
小港其上壘石作橋爲集句云數間茅屋閒臨水窄衫短
帽斜陽裏花是去年紅吹開一夜風稍稍新月偃午醉醒
來晚何物最關情黃鸝三兩聲戲效荊公作云半煙半雨
溪橋畔漁翁醉著無人喚疏懶意何長春風花草香江山
如有待此意陶潛解問我去何之君行到自知
石林詩話俞澹字清老滑稽善謔洞曉音律能歌荊公
喜之晚年作漁家傲等樂府數闋每山行即使澹歌之
苕溪漁隱叢話漁隱居詩話云荊公妻吳國夫人亦能文嘗

有小詞約諸親遊西池有待得明年重把酒攜手那知無雨又無風皆麗脱可喜之句也

清波雜志王荆公墓在建康蔣山東三里與其子雱分昭穆而葬紹聖初復用元豐舊人起呂吉甫知金陵時待制孫君孚責知歸州經從呂燕待之禮甚厚一日因報謁於清涼寺問孫曾上荆公墳否蓋當時士大夫道金陵未有不往者五十年前士人節序亦往致奠時之風俗如此曾子開有上荆公墓詩見曲阜集

張先

先字子野烏程人天聖八年進士官至都官郎中有安陸集二卷詞一卷

蘇子瞻云子野詩筆老妙歌詞乃其餘技耳

晁无咎云張子野與柳耆卿齊名人以爲子野不及耆卿富而子野韻高是耆卿所乏之處

李端叔云子野詞才不足而情有餘

天仙子　送春　一作時爲嘉禾小倅以病眠不赴府會

水調數聲持酒聽午醉醒來愁未醒送春春去幾時回臨晚鏡傷流景往事後期空記省、沙上竝禽池上暝雲破月來花弄影重重簾幕密遮燈風不定人初靜明日落紅應滿徑

類腋嘉興府唐肅宗時屬浙江道五代晉置秀州宋名嘉禾郡後爲嘉興府明與國朝因之

古今詩話有客謂子野曰人皆謂公張三中卽心中事眼中淚意中人也公曰何不目之爲張三影客不曉公曰雲破月來花弄影嬌柔嬾起簾壓捲花影柳徑無人墮飛絮無影此余平生所得意也

後山詩話尚書郎張先善著詞有云雲破月來花弄影簾幕捲花影墮輕絮無影世稱誦之謂之張三影王介甫謂雲破月來花弄影不如李冠朦朧淡月雲來去也冠齊人爲六州歌頭道劉項事慷慨雄偉劉潛大俠也喜誦之

按冠字世英蝶戀花詞云遙夜亭皋閒信步才過清明漸覺傷春暮數點雨聲風約住朦朧淡月雲來去桃杏依稀香暗度誰在鞦韆笑裏輕輕語一寸相思千萬緒人間沒箇安排處

漁隱叢話遯齋閒覽云張子野郎中以樂章擅名一時宋子京尚書奇其才先往見之遣將命者謂曰尚書欲見雲

破月來花弄影郎中子野屏後呼曰得非紅杏枝頭春意鬧尚書耶遂出置酒盡歡蓋二人所舉皆其警策也　東坡云吾昔自杭移高密與楊元素同舟而陳令舉張子野皆從余過李公擇於湖遂與劉孝叔俱至松江夜半月出置酒垂虹亭上子野年八十五以歌詞聞於天下作定風波令其略云見說賢人聚吳分試問也應傍有老人星坐客懽甚有醉倒者此樂未嘗忘也今七年耳子野孝叔令舉皆爲異物而松江橋亭今歲七月九日海風駕潮平地丈餘蕩盡無復孑遺矣追思眞一夢耳

過庭錄張先子野郎中一叢花詞云懷高望遠幾時窮無物似情濃離魂正引千絲亂更南陌香絮濛濛嘶騎漸遙征塵不斷何處認郎蹤雙鴛池沼水橈通梯橫畫閣黃昏後又還是斜月簾櫳沈恨細思不如桃杏猶解嫁東風一時盛傳歐陽永叔尤愛之恨未識其人子野家南地以故至都謁永叔闔者以通永叔倒屣迎之曰此乃桃杏嫁東風郎中

道山淸話晏文獻爲京兆辟張先爲通判新納侍兒公甚屬意先能爲詩詞公雅重之每張來令侍兒出侑觴往往歌子野所爲詞其後王夫人寖不容公即出之一日子野至公與之飲子野作碧牡丹詞曰步障搖紅綺曉月墮沈煙砌縷板香檀唱徹伊家新製怨入眉頭斂黛峰橫翠芭蕉寒雨聲碎鏡華翳閑照孤鸞戲思量去時容易鈿合瑤釵至今零落輕棄望極藍橋但暮雲千里幾重山幾重水令營妓歌之至末句公聞之憮然曰人生行樂耳何自苦如此亟命於宅庫支錢若干復取前所出侍兒既來夫人亦不復誰何也

詞苑叢談師師令張子埜所製新詞贈妓李師師得名也詞云香鈿寶珥拂菱花如水學妝皆道稱時宜粉色有天然春意蜀綵衣裳勝未起縱亂霞垂地都城池苑誇桃李問東風何似不須回扇障清歌脣一點小于朱蘂正值殘英和月墜寄此情千里

柳永

永初名三變字耆卿崇安人景祐元年進士官至屯田員外郎著有樂章集九卷

李端叔云耆卿詞鋪敘展衍備足無餘較之花間所集韻終不勝

孫敦立云耆卿詞雖極工然多雜以鄙語

劉潛夫云耆卿有教坊丁大使意

陳質齋云柳詞格不高而音律諧婉詞意妥帖承平氣象形容曲盡尤工於羇旅行役
黃叔暘云永長於纖豔之詞然多近俚俗故市井之人悅之
張叔夏云柳詞亦自批風抹月中來風月二字在我發揮柳則爲風月所使耳
四庫提要云張端義貴耳集亦曰項平齋言詩當學杜詩詞當學柳詞杜詩柳詞皆無表德只是實說云云蓋詞本管絃冶蕩之音而永所作旖旎近情使人易入雖頗以俗爲病然好之者終不絕也

晝夜樂 憶別

洞房記得初相遇便只合長相聚何期小會幽歡變作別離情緒況値闌珊春色暮對滿目亂花狂絮直恐好風光盡隨伊歸去 一場寂寞憑誰訴算前言總輕負早知恁的難拚悔不當初留住其奈風流端正外更別有繫人心處一日不思量也攢

眉千度

雨淋鈴 秋別

寒蟬淒切對長亭晚驟雨初歇都門帳飲無緒方留戀處蘭舟催發執手相看淚眼竟無語凝噎念去去千里煙波暮靄沈沈楚天闊 多情自古傷離別更那堪冷落清秋節今宵酒醒何處楊柳岸曉風殘月此去經年應是良辰好景虛設便縱有千種風流待與何人說

輿地紀勝范蜀公歎曰仁宗四十年太平鎭在翰苑十餘載不能出一語歌咏乃於耆卿詞見之
鶴林玉露孫何帥錢塘柳耆卿作望江潮詞贈之云東南形勝三吳都會錢塘自古繁華煙柳畫橋風簾翠幕參差十萬人家雲樹繞隄沙怒濤捲霜雪天塹無涯市列珠璣戶盈羅綺競豪奢重湖疊巘清佳有三秋桂子十里荷花

羌管弄晴菱歌泛夜嬉嬉釣叟蓮娃千騎擁高牙乘醉聽簫鼓吟賞煙霞異日圖將好景歸去鳳池誇此詞流播金主亮聞歌欣然有慕於三秋桂子十里荷花遂起投鞭渡江之志近時謝處厚詩云誰把杭州曲子謳荷花十里桂三秋那知卉木無情物牽動長江萬里愁余謂此詞雖牽動長江之愁然卒爲金主送死之媒未足恨也至于荷豔桂香妝點湖山之清麗使士大夫流連於歌舞嬉遊之樂遂忘中原是則深可恨耳因和其詩云殺胡快劍是淸謳牛渚依然一片秋卻恨荷花畱玉輦竟忘煙柳汴宮愁

詞苑叢談云柳耆卿與孫相何爲布衣交孫知杭門禁甚嚴耆卿欲見之不得作望海潮詞往詣名妓楚楚曰欲見孫相恨無門路若因府會願朱脣歌之若問誰爲此詞但說柳七中秋夜會楚宛轉歌之孫卽席迎耆卿預坐

花菴詞選耆卿醉蓬萊詞云漸亭皐葉下隴首雲飛素秋新霽華闕中天鎖蔥蔥佳氣嫩菊黃深拒霜紅淺近寶階香砌玉宇無塵金莖有露碧天如水正値昇平萬機多暇夜色澄鮮漏聲迢遞南極星中有老人呈瑞此際宸遊鳳輦何處度管絃聲脆太液波翻披香簾捲月明風細　叔暘注云永爲屯田員外郎會太史奏老人星見時秋霽宴禁中仁宗命左右詞臣爲樂章內侍屬柳應制柳方冀進用作此詞奏呈上見首有漸字色若不懌讀至宸遊鳳輦何處乃與御製眞宗挽詞暗合上慘然又讀至太液波翻日何不言波澄投之於地自此不復擢用

後山詩話柳三變遊東都南北二巷作新樂府骫骳從俗天下詠之遂傳禁中仁宗頗好其詞每對必使侍從歌之再三三變聞作宮詞號醉蓬萊因內宮達後宮且求其助仁宗聞而覺之自是不復歌其詞矣會改京官乃以無行黜之後改名永仕至屯田員外郎

畫墁錄柳三變旣以詞忤仁廟吏部不放改官三變不能堪詣政府晏公曰賢俊作曲子麼三變曰祇如相公亦作曲子公曰殊雖作曲子不曾道綵線慵拈伴伊坐柳遂退

詞苑叢談仁宗留意儒雅深斥浮豔虛華之文初進士柳三變好爲淫冶謳歌之曲傳播四方嘗有鶴沖天詞云黃金榜上偶失龍頭望明代暫遺賢如何向未遂風雲便爭不恣狂蕩何須論得喪才子詞人自是白衣卿相煙花巷陌依約丹靑屛障幸有意中人堪尋訪且恁偎紅翠風流事平生暢靑春都一晌忍把浮名換了淺斟低唱柳後改名永景祐元年方及第

侯鯖錄東坡云世言柳耆卿詞俗非也如八聲甘州云霜風淒緊關河冷落殘照當樓此語於詩句不減唐人　按

者卿詞云對瀟瀟暮雨灑江天一番洗清秋漸霜風淒緊關河冷落殘照當樓是處紅衰綠減苒苒物華休惟有長江水無語東流悵惘登高臨遠望故鄉渺渺歸思難收歎年來蹤跡何事苦淹留想佳人妝臺凝望誤幾回天際識歸舟爭知我玉闌斜倚正爲人愁

避暑錄話柳永爲舉子時多遊狹邪善爲歌詞教坊樂工每得新腔必求永爲詞始行於世於是聲傳一時永初爲上元詞有樂府兩籍神仙梨園四部管絃之句傳禁中多稱之後因秋晚張樂有使作醉蓬萊詞以獻語不稱旨仁宗亦疑有欲爲之地者因置不問永亦善爲他文詞而偶先以是得名始悔爲己累後改名三變而終不能救擇業不可不愼余仕丹徒嘗見一西夏歸朝官云凡有井水飲處即能歌柳詞言其傳之廣也永終屯田員外郎死旅殯潤州僧寺王和甫爲守時求其後不得乃爲出錢葬之

趙翼甌北詩鈔仙掌露云一邱兩地各爭高只爲塡詞絕世豪漢上有墳人弔柳漳南多冢客疑曹金莖名竟移沙渚鐵板聲休唱淚淘我趁曉風殘月到縱無魂在亦蕭騷題下自注云眞州地名相傳柳耆卿墓在焉故王阮亭眞州詩有殘月曉風仙掌路何人爲弔柳屯田之句然曾達臣獨醒志耆卿死葬棗陽花山每歲淸明詞人集其下爲弔柳會則柳墓不在眞州也或訛傳耳

白香詞譜箋卷二

靖安舒夢蘭原輯

南海 謝朝徵章菴箋
張蔭桓樵野校

蘇軾

軾字子瞻眉州人嘉祐初試禮部第一歷官翰林學士紹聖初安置惠州徙昌化元符初北還卒於常州高宗即位贈資政殿學士復贈太師謚文忠著有東坡居士詞二卷

陳後山云東坡以詩為詞如教坊雷大使之舞雖極天下之工要非本色

黃魯直云東坡居士曲世所見者數百首或謂於音律小不諧居士詞橫放傑出自是曲子縛不住者

陸務觀云世言東坡不能歌故所作樂府詞多不協晁以道謂紹聖初與東坡別於汴上東坡酒酣自歌古陽關則公非不能歌但豪放不喜裁翦以就聲律耳又云東坡詞歌之曲終覺天風海雨逼人

周煇云豈無去國流離之思殊覺哀而不傷

胡致堂云詞曲至東坡一洗綺羅薌澤之態擺脫綢繆宛轉之度使人登高望遠舉首高歌逸懷浩氣超乎塵垢之外於是花間為皁隸耆卿為輿臺矣

張叔夏云東坡詞清麗舒徐處高出人表周秦諸人所不能到

四庫提要云詞自晚唐五代以來以清切婉麗為宗至柳永而一變如詩家之有白居易至軾而又一變如詩家之有韓愈遂開南宋辛棄疾等一派尋源溯流不能不謂之別格然謂之不工則不可故至今日尙與花間一派並行而不能偏廢

卜算子 別意 花菴詞選作王通叟送鮑浩然之湘東

水是眼波橫山是眉峰聚欲問行人去那邊眉眼盈盈處 才始送春歸又送君歸去若到江南趕上春千萬和春住

按通叟名觀官翰林學士賦應制詞宣仁太后以其近褻謫之自號逐客一云官大理寺丞知江都縣事有冠柳集一卷

輿地紀勝吳分長沙之東部為湘東衡陽二郡湘東郡理

鄮縣

苕溪漁隱叢話漫叟詩話云嘗愛王逐客作夏詞送將歸不用浮瓜沈李等事而天然塵外涼思其詞云百尺清泉聲斷續映瀟灑碧梧翠竹面千步迴廊重重簾幙小枕攲寒玉試展鮫綃看畫軸見一片瀟湘凝綠待玉漏穿花銀河垂地月上欄干曲此語非觸熱者之所知也　復齋漫錄云王逐客送鮑浩然之浙東長短句云韓子蒼在海陵送葛亞卿用其意以爲詩斷章云明日一杯愁送春後日一杯愁送君君應萬里隨春去若到桃源記歸路若溪漁隱曰山谷詞云春歸何處寂寞無行路若有人知春去處喚取歸來同住王逐客云若到江南趕上春千萬和春住體山谷語也

黃叔暘云通叟詞名冠柳至踏青一詞風流楚楚又不獨冠柳詞之上也　按通叟慶清朝慢詞云調雨爲酥催冰做水東君分付春還何人便將輕煖點破殘寒結伴踏青去好平頭鞵子小雙鸞煙郊外望中秀色如有無間晴則箇陰則箇餖飣得天氣有許多般須教撩花撥柳爭要先看不道吳綾繡韈香泥斜沁幾行斑東風巧盡收翠綠吹上眉山

詞苑叢談王通叟觀官翰林學士嘗應制撰清平樂詞云黃金殿裏燭影雙龍戲勸得官家眞箇醉酌酒猶呼萬歲折旋舞徹伊州君恩與整搔頭一夜御前宣喚六宮多少人愁　高太后以爲媟瀆神宗翌日罷其職世遂有逐客之號

洞仙歌　夏夜　　孟蜀主作東坡改

冰肌玉骨自清涼無汗水殿風來暗香滿繡簾開一點明月窺人人未寢攲枕釵橫鬢亂　起來攜素手庭戶無聲時見疏星渡河漢試問夜如何夜已三更金波淡玉繩低轉但屈指西風幾時來又只恐流年暗中偷換

花菴詞選公自序云僕七歲時見眉州老尼姓朱忘其名年九十餘自言嘗隨其師入蜀主孟昶宮中一日大熱主與花蘂夫人夜起避暑摩訶池上作一詞朱具能記之今四十年朱已死久矣人無知此詞者獨記其首兩句暇日尋味豈洞仙歌令乎乃爲足之云

陽春白雪宜春潘明叔云蜀王與花蘂夫人避暑摩訶池

上賦洞仙歌其詞不見於世東坡得老尼口誦兩句遂足之蜀帥謝元明因開摩訶池得古石刻遂見全篇詞曰冰肌玉骨自清涼無汗貝闕琳宮恨初遠玉闌干倚遍怯盡朝寒回首處何必留連穆滿芙蓉開過也樓閣香融千片紅英泛波面洞房深深鎖莫放輕舟瑤臺去甘與塵寰路斷更莫遣流紅到人間怕一似當時誤劉阮

墨莊漫錄東坡作長短句洞仙歌所謂冰肌玉骨自清涼無汗者公自敘云予幼時見一老人年九十餘能言孟蜀主時事云蜀主嘗與花蘂夫人夜起納涼摩訶池上作洞仙歌令老人能歌之予今但記其首兩句乃為足之近有李公彥季成詩話乃云楊元素作本事曲記洞仙歌冰肌玉骨自清涼無汗錢塘有老尼能誦後主詩首章兩句後人為足其意以塡此詞其說不同予友陳興祖德昭云頃見一詩話亦題云李季成作乃全載孟蜀主一詩冰肌玉骨清無汗水殿風來暗香滿簾間明月獨窺人敧枕釵橫雲鬢亂三更庭院悄無聲時見疏星度河漢屈指西風幾時來只恐流年暗中換云東坡少年遇美人喜洞仙歌又邂逅處景色暗相似故檃括稍協律以贈之也予以謂此說近之據此乃詩耳而東坡自敘乃云是洞仙歌令蓋公以此敘自晦耳洞仙歌腔出近世五代及國初皆未之有也

詞綜蜀主孟昶夜起避暑摩訶池上作玉樓春云云按蘇子瞻洞仙歌本檃括此詞然未免反有點金之憾

蘢蜀餘聞故蜀王宮王衍宣華苑也今為貢院正殿基即摩訶池

揮麈餘話柳色黃金嫩棃花白雪香陰鏗詩也李太白取用之杜子美太白詩云李侯有佳句往往似陰鏗後人謂以此譏之然子美詩有蛟龍得雲雨鵰鶚在秋天一聯已見晉書記載矣如冰肌玉骨清無汗水殿風來暗香滿孟蜀王詩東坡先生度以為詞昔人不以蹈襲為非

留青日札杜工部闕山同一點岑嘉州嚴灘一點舟中月又赤驃馬歌草頭一點疾如飛又西看一點是關樓朱灣白鳥翔翠微詩淨中雲一點花蘂夫人云冰肌玉骨清無汗水殿風來暗香滿繡簾一點月窺人敧枕釵橫雲鬢亂起來庭戶悄無聲時見疏星渡河漢屈指西風幾時來不道流年暗中換宋張安國詞洞庭青草近中秋更無一點風色玉界瓊田三萬頃著我扁舟一葉夫月雲風也馬也樓也皆謂之一點甚奇

九國志後蜀後主姓孟名昶字保元初名仁贊知祥第二子明德元年七月丁卯嗣位不改元仍稱明德元年四年

改廣政至二十八年宋將王全斌軍至城下出降五月至
汴京改封秦國公越七日薨時宋乾德三年六月也年四
十七追封楚王葬洛陽
十國春秋乾德四年重陽節曲宴羣臣於宣華苑後主唱
韓琮柳枝詞詞曰梁苑隋隄事已空萬條猶舞舊東風何
須思想千年事唯見楊花入漢宮內侍宋光浦欲以諷爲
諫遂詠胡曾詩曰吳王恃霸棄雄才貪向姑蘇醉綠醅不
覺錢塘江上月一宵西送越兵來聲節悽惋後主不樂而
罷　花蕊夫人宮詞云法雲寺裏中元節又是官家降誕
辰是七月十五爲後主生辰矣五國故事言十一月誕日
號明慶節非七月也
五國故事蜀之末年百官競執長鞭自馬至地婦人競戴
高冠子皆謂之朝天又製新曲名之曰萬里朝天意謂萬
里皆朝於己及歸降之後崎嶇川陸至于京師乃萬里朝
天之驗矣
輟耕錄今世女子之笄曰上頭而倡家處女初得薦寢於
人亦曰上頭花蕊夫人宮詞年初十五最風流新賜雲鬟
始上頭娘字俗書也當作孃今通爲婦女之稱花蕊夫
人宮詞諸院各分娘子位
蜀中詩話花蕊夫人宮詞之外尤工樂府蜀亡入汴道經

葭萌題驛壁云初離蜀道心將碎離恨綿綿春日如年馬
上時時聞杜鵑書未畢爲軍騎催行後人續之云三千宮
女皆花貌妾最嬋娟此去朝天只恐君王寵愛偏花蕊見
宋祖時猶作四十萬人齊解甲更無一箇是男兒之詩焉
有隨祖行而作此敗節語乎續之者不惟虛空架橋而詞
之鄙亦狗尾續貂矣
苕溪漁隱叢話後山詩話費氏蜀之青城人以才色入蜀
後主嬖之號花蕊夫人效王建作宮詞百首國亡入備後
宮太祖聞之召使陳詩誦其國亡詩曰君王城上豎降旗
妾在深宮那得知十四萬人齊解甲甯無一箇是男兒太
祖悅蓋蜀兵十四萬而王師纔數萬耳　王平甫云巴甯
中奉詔定蜀楚秦氏三家所獻書得一敝紙所書花蕊夫
人詩共三十二首乃夫人親筆而辭甚奇與王建宮詞無
異自唐至今誦者不絕口而此獨遺棄不見取前受詔定
三家書者又斥去之甚可惜也謹令繕寫入三館而歸口
誦數篇于丞相安石明日中書語及之而王珪馮京願傳
其本於是盛行于世夫人僞蜀孟昶侍人事具國史苕溪
漁隱曰余閱此詞如龍池九曲遠相通楊柳絲牽兩岸風
長似江南好風景畫船來往碧波中梨園弟子簇池頭小
樂攜來候宴游試炙銀笙先按拍海棠花下合梁州月頭

支給買花錢滿殿宮人近數千遇著唱名多不語含羞走
過御牀前花內人追逐采蓮時驚起沙鷗兩岸飛蘭棹把來
齊拍水並船相鬬濕羅衣廚船進食簇時新侍座無非列
近臣日午殿頭宣索膾隔花催喚打魚人皆清婉可喜花
蘂又別有逸詩六十六首乃近世好事者旋加搜索續之
篇尤無倫語意與前詩相類者極少誠爲亂眞矣聊摘其
一二云羅衫玉帶最風流斜插銀篦漫裡頭閑向殿前騎
御馬掉鞭橫過小紅樓春日龍池小宴開岸邊亭子號流
杯沈檀刻作神仙女對捧金杯水上來
鐵圍山叢談花蘂夫人蜀王建妾號小徐妃者也後隨王
衍歸唐中途遇害及孟氏再有蜀至昶又有一花蘂夫人
費氏作宮詞百首者是也後隨昶歸宋十日召花蘂入宮
而昶遂死昌陵後亦惑之晉邸數諫不聽一日從獵苑中
花蘂在側晉邸方調弓矢引滿擬獸忽回射花蘂一箭而
死
邊州聞見錄孟昶嘗立石經于成都又恐石經流傳不廣
易以木版宋世書稱刻本始于蜀今人求宋版而以蜀本
爲佳昶好文有功後學誠未可以成敗論嘗言不效王衍
作輕薄小詞而其詞自工

水調歌頭 丙辰中秋歡飲達旦大醉作此篇兼懷子由

明月幾時有把酒問青天不知天上宮闕今夕是何年我欲乘
風歸去又恐瓊樓玉宇高處不勝寒起舞弄清影何似在人間
轉朱閣低綺戶照無眠不應有恨何事偏向別時圓人有悲
歡離合月有陰晴圓缺此事古難全但願人長久千里共嬋娟

復雅歌詞東坡居士以丙辰中秋歡飲達旦大醉作水調
歌都下傳唱內侍錄此進呈神宗讀至又恐瓊樓玉宇高
處不勝寒曰蘇軾終是愛君乃命量移汝州
詞源詞以意爲主不要蹈襲前人語意如東坡水調歌云
云洞仙歌云云皆清空中有意趣無筆力者未易到
東坡志林元豐七年十二月浴泗州雍熙塔下戲作如夢
兩闋云水垢何曾相受細看兩俱無有寄語揩背人盡日
勞君揮肘輕手輕手居士本來無垢又云自淨方能洗彼
我自汗流呀氣寄語澡浴人且共肉身游戲但洗但洗俯
爲世間一切此曲本唐莊宗製一名憶仙姿嫌其不雅馴

後改云如夢莊宗作此詞卒章云如夢如夢和淚出門相
送取以爲之名　黃州東南三十里爲沙湖余將置田其
間因往相田得疾聞麻橋龐安常善醫而聾遂往求療安
常雖聾而穎悟絕人以指畫字不盡數字輒深了人意余
戲之曰余以手爲口君以眼爲耳皆一時異人也疾愈與
之同遊清泉寺寺在蘄水郭門外二里許有王逸少洗筆
泉水極甘下臨蘭溪溪水西流余作歌云山下蘭芽短浸
溪松間沙路淨無泥蕭蕭暮雨子規啼誰道人生無再少
君看流水尚能西休將白髮唱黃雞是日極飲而歸
侯鯖錄元祐七年正月東坡先生在汝陰州堂前梅花大
開月色鮮霽先生王夫人曰春月色勝如秋月色秋月色
令人悽慘春月色令人和悅何如召趙德麟輩來飲此花
下先生大喜曰吾不知子能詩耶此眞詩家語耳遂相召
與二歐飲用此語作減字木蘭詞云春庭月午搖落春醪
光欲舞步轉回廊半落梅花婉娩香輕風薄霧卻是少年
行樂處不似秋光只共離人照斷腸　東坡自黃移汝過
金陵見舒王適陳和叔作守多同飲會一日遊蔣山和叔
被召將行舒王顧江山曰子瞻可作歌坡醉中書云千古
龍蟠并虎踞從公一弔興亡處渺渺斜風吹細雨芳草路
江南父老留公住公駕飛軿淩紫霧紅鸞驂乘青鸞馭卻

詠此洲名白鷺非吾侶翩然欲下還飛去和叔到任數日
而去舒王笑曰白鷺者得無意乎　東坡云琴曲有瑤池
燕其詞不協而聲亦怨咽變其詞作閨怨寄陳季常云此
曲奇妙勿妄與人詞曰飛花成陣春心困寸寸別腸多少
愁閣無人問偷啼自搵殘妝粉抱瑤琴尋出新韻玉纖趁
南風未解幽惱低雲鬟眉峯斂暈嬌和恨
墨莊漫錄東坡在杭州一日遊西湖坐孤山竹閣前臨湖
亭上時二客皆有服預焉久之湖心有一綵舟蘄近亭前
靚妝數人中有一人尤麗方鼓箏年且三十餘風韻閒雅
縟有態度二客競目送之曲未終翩然而逝公戲作長短
句云鳳皇山下雨初晴水風清晚霞明一朵芙蓉開過尚
盈盈何處飛來雙白鷺如有意慕娉婷忽聞江上弄哀箏
苦含情遺誰聽煙斂雲收依約是湘靈欲待曲終尋問取
人不見數峯青
遊暑錄話子瞻在黃州病赤眼踰月不愈或疑有他疾過
客遂傳以爲死矣有語范景文於許昌者景文絕不寘疑
卽舉袂大慟召子弟景仁當遺人賜其家子弟徐言此傳
聞未審當實否若果其安否得實弔之未瘵乃走僕以往
子瞻諱然大笑故後量移汝州謝表有云疾病連年人皆
相傳爲已死未幾復與客飲江上夜歸江面際天風露浩

然有當其意乃作歌詞所謂夜闌風靜縠紋平小舟從
此逝江海寄餘生者與客大歌數過而散翌日喧傳子瞻
夜作此詞挂冠服江邊拏舟長嘯去矣郡守徐君猷聞之
驚且懼以爲州失罪人急命駕往謁則子瞻鼻鼾如雷猶
未興也然此語卒傳至京師雖裕陵亦聞而疑之
冷齋夜話嶺外梅花與中國異其花幾類桃花之色而脣
紅香著東坡詞曰玉質那愁瘴霧冰姿自有仙風海山時
遣採芳叢倒挂綠毛幺鳳素面常嫌粉涴洗妝不褪脣紅
高情已逐曉雲空不與梨花同夢
吹劍續錄東坡在玉堂日有幕士善歌因問我詞比柳耆
卿何如對曰柳郎中詞只好十七八女孩兒執紅牙拍
歌楊柳岸曉風殘月學士詞須關西大漢執鐵綽板唱大
江東去公爲之絕倒
筆塵蘇長公一帖云王十六秀才送拍板一串意余有歌
妓不知其無也然亦有用陪傳大士唱金剛經耳山谷
一帖云此拍板以遺朝雲使歌公所作大山東詞亦不惡
也然朝雲今爲惠州土矣
北窗炙輠錄東坡待過客非其人則盛列妓女奏絲竹之
聲聒兩耳至有終宴不交一談者其人往返更謂待己之
厚也或有佳客至則屏去妓樂杯酒之間惟終日談笑耳

清波雜志東坡在黃岡每用官妓侑觴羣姬持紙乞歌詞
不違其意而予之有李琦者獨未蒙賜一日有請坡乘醉
書東坡五載黃州住何事無言贈李琦後句未續移時乃
以卻似城南杜工部海棠雖好不吟詩足之獎飾乃出諸
人右其人自此聲價增重殆類子美詩中黃四娘
墨客揮犀子瞻嘗自言平生有三不如人謂著棊喫酒唱
曲也然三者亦何用如人子瞻之詞雖工而不入腔正以
不能唱曲耳
苕溪漁隱叢話古今詩話云蘇子瞻守錢塘有官妓秀蘭
天性黠慧善于應對一日湖中有宴會羣妓畢集惟秀蘭
不至督之良久方來問其故對以沐浴倦睡忽聞叩戶甚
急起而問之乃樂營將催督也謹以實告子瞻已恕之坐
中一倅怒其晚至詰之不已時榴花盛開秀蘭折一枝藉
手告倅倅愈怒子瞻因作賀新涼令歌以送酒倅怒頓止
詞曰乳燕飛華屋悄無人庭陰轉午晚涼新浴手弄生綃
白紈扇扇手一時似玉漸困倚孤眠清熟簾外誰來推繡
戶枉教人夢斷瑤臺曲又卻是風敲竹石榴半吐紅巾蹙
待浮花浪蘂俱盡伴君幽獨濃豔一枝細看取芳心千重
似束又恐被西風驚綠若待得君來向此花前對酒不忍
觸共粉淚兩簌簌子瞻真可謂風流太守豈可與俗吏同

日語哉若溪漁隱曰野哉楊湜之言眞可入笑林子瞻此詞冠絕古今托意高遠甯爲一娼而發耶簾外誰來推繡戶枉教人夢斷瑤臺曲又卻是風敲竹用古詩捲簾風動竹疑是故人來之意乃云忽有人叩門聲急起而問之乃樂營將催督此可笑者一也石榴半吐紅巾蹙待浮花浪蘂都盡伴君幽獨濃豔一枝細看取芳心千重似束蓋初夏之時花事退榴花獨芳因以申寫幽閨之情今乃云是時榴花盛開秀蘭折一枝藉手告佯其怨愈甚此可笑者二也此詞調寄賀新郎乃古曲名也今乃云取其沐浴新涼曲名賀新涼後人不知之誤爲賀新郎此可笑者三也東坡深爲不幸橫遭點汙宋子京云江左有文拙而好刻石者謂之詅癡符今楊湜之言俚甚而鏤版行世殆類是也

山谷云東坡道人在黃州作卜算子云缺月挂疏桐漏斷人初定時見幽人獨往來縹渺孤鴻影驚起卻囘頭有恨無人省揀盡寒枝不肯棲寂寞沙洲冷語意高妙似非喫煙火食者語非胸中有數萬卷書筆下無一點塵俗氣孰能至此若溪漁隱曰揀盡寒枝不肯棲之句或云鴻雁未嘗栖宿樹枝惟在田野葦叢間此亦語病也此詞本詠夜景至換頭但只說鴻正如賀新郎詞乳燕飛華屋本詠夏景至換頭但只說榴花蓋其文章之妙語意到處卽爲之不可限以繩墨也

東坡云余舊好誦陶潛歸去來嘗患其不入音律近輒微加增損作般涉調哨遍雖微改其詞而不改其意請以文選及本傳攷之方知字字皆非創入也詞曰爲米折署因酒弃家身口交相累歸去來誰不遣君歸覺從前俱非今是露未睎征夫指予歸路門前笑語噎童稚嗟舊菊都荒新松暗老吾年今已如此但小窗容膝閉柴扉策杖看孤雲暮鴻飛雲出無心鳥倦知還本非有意噫歸去來兮我今忘我兼忘世親戚無浪語琴書中有眞味步翠麓崎嶇泛淸溪窈窕涓涓暗谷流春水觀草木欣榮幽人自感吾生行且休矣念寓形宇內復幾時不自覺皇皇欲何之委吾心去留誰計神仙知在何處富貴非吾志但知臨水登山嘯詠自引壺觴自醉此生天命更奚疑且乘流遇坎還止

漫叟詩話云東坡賀人洗兒詞云犀錢玉果利市平分霑四座深媿無功此事如何到得儂南唐時宮中嘗賜洗兒果有近臣謝表云猥蒙寵數深媿無功李主曰此事卿安得有功尤爲親切

元豐五年十二月十九日東坡生日也置酒赤壁磯下踞高峯俯鵰巢酒酬笛聲起於江上客有郭石二生頗知音謂坡曰笛聲有新意非俗工也使人問之則進士李委聞坡生日作新曲曰鶴南飛以獻呼之使前則靑巾紫裘而已既奏

新曲又快作數弄嘹然有穿雲裂石之聲坐客皆引滿醉倒委袖出嘉紙一幅曰吾無求於公得一絕句足矣坡笑而從之詩曰山頭孤鶴向南飛載我南遊到九嶷下界何人也吹笛可憐時復犯龜茲

後山詩話謂退之以文為詩子瞻以詩為詞如教坊雷大使之舞雖極天下之工要非本色余謂後山之言過矣子瞻佳詞最多其間傑出者如大江東去浪淘盡千古風流人物赤壁詞明月幾時有把酒問青天中秋詞落日繡簾捲庭下水連空快哉亭詞乳燕飛華屋悄無人桐陰轉午初夏詞明月如霜好風如水清景無限夜登燕子樓詞楚山修竹如雲異材秀出千林表詠笛詞玉骨那愁瘴霧冰肌自有仙風詠梅詞東武南城新隄固漣漪初溢宴流杯亭詞冰肌玉骨自清涼無汗夏夜詞有情風萬里捲潮來無情送潮歸別參寥詞缺月挂疏桐漏斷人初靜秋夜詞霜降水痕收淺碧鱗鱗露遠洲重九涵輝樓詞凡此十餘詞皆絕去筆墨畦徑間直造古人不到處使人一唱而三歎若謂以詩為詞是大不然子瞻自言平生不善唱曲故間有不入腔處非盡如此後山乃比之教坊司雷大使舞是何每況愈下蓋其謬耳

冷齋夜話云東坡鎮錢塘無日不在西湖嘗攜妓謁大通禪師慍形于色東坡作長短句令妓歌之曰師唱誰家曲宗風嗣阿誰借君拍板與鉗鎚我也逢場作戲莫相疑溪女方偸眼山僧莫皺眉却嫌彌勒下生遲不見阿婆三五少年時時有僧仲殊在蘇州聞而和之曰解舞清平樂如今說向誰紅爐片雪上鉗鎚打就金毛獅子也堪疑木女明開眼泥人暗皺眉蟠桃已是著花遲不向春風一笑待何時

按此為南歌子調

元豐間都人李嬰調蘄水縣令作滿江紅一曲往黃州上東坡東坡甚喜之其詞云荆楚風煙寂寞近中秋時候露下冷蘭英將謝葦花初秀歸燕殷勤辭陋巷鳴蛩淒楚來窗漏又誰念江邊有神仙飄零久橫琴膝攜筇手曠望眼閑吟口任紛紛萬事到頭何有君不見淩煙冠劍客何人氣貌長依舊歸去來一曲為君吟為君壽

東坡荔支詞云閩溪珍獻過海雲帆來似箭玉坐金盤不貢奇葩四百年輕紅釀白雅稱佳人纖手擘骨細肌香恰似當年十八孃荔支譜云十八孃荔支色深紅而細長時人以少女比之俚傳閩王王氏有女第十八好噉此品因而得名其家今在城東報國院家傍猶有此樹

古今詩話云呢呢兒女語燈火夜微明恩怨爾汝來去彈指淚和聲忽變軒昂壯士一鼓填然作氣千里不留行回首暮雲遠飛絮攪青冥衆禽裏真彩鳳獨不鳴躋攀寸步千險一落百尋輕煩子指間風雨置我腸中冰

炭坐起不能平攜手從歸去無淚與君傾曲名水調歌頭東坡居士聽琵琶而作也舊都野人曰此詞句外取意無一字染著後學卒未到其閫域反復味之見居士之文採竊處呢呢兒女語取白樂天小絃切切如私語意忽變軒昂勇士一鼓塡然作氣千里不留行便是銀瓶乍破水漿迸鐵騎突出刀槍鳴攜手從歸去無淚與君傾則又翻江州司馬靑衫濕公案也子瞻凡爲文非徒虛語寸步千險一落百尋輕之句皆自喩耳後人吟咏患思而不得既得之爲題意纏綿不解點化者多矣茗溪漁隱曰東坡嘗因章質夫家善琵琶者乞歌詞取退之聽穎師琴詩稍加檃括使就聲律爲水調歌頭以遺之其自序云歐公謂退之此詩最奇麗然非聽琴乃聽琵琶耳余深然之舊都野人乃謂此詞句外取意無一字染著彼蓋不曾讀退之詩妄爲此言耳又謂居士之文採竊處取白樂天琵琶行意此尤可絕倒也　藝苑雌黃云朝雲者東坡侍妾也嘗令就秦少游乞詞少游作南歌子贈之云靄靄迷春態溶溶媚曉光不應容易下巫陽祗恐翰林前世是襄王暫爲淸歌住還因暮雨忙瞥然歸去斷人腸空使蘭臺公子賦高唐何其婉媚也　淮北之地平夷自京師至汴口並無山惟陽淮方有南山米元章名其山爲第一山有詩云京洛風

塵千里還船頭出沒翠屏間莫能衝霍撞星斗且是東南第一山此詩刻在南山石崖上石崖之側有東坡行香子詞後題云與泗守遊南山作字畫是東坡所書小字但無姓名崇觀間禁元祐文字遂鑴去之余頃居泗上皆打得此二碑至今尚存其詞云北望平川野水荒灣共尋春飛步孱顏和風弄袖香霧縈鬟正酒酣人語笑白雲間飛鴻落雁相將歸去淡娟娟玉宇淸閑何人無事宴坐空山望長橋上燈火亂使君還　古今詞話云東坡在黃州中秋夜對月獨酌作西江月詞曰世事一場大夢人生幾度新涼夜來風葉已鳴廊看取眉頭鬢上酒賤常愁客少月明多被雲妨中秋誰與共孤光把酒淒涼北望坡以讒言謫居黃州鬱鬱不得志凡賦詩綴詞必寫其所懷然一日不負朝廷其懷君之心末何可見矣茗溪漁隱曰聚蘭集載此詞注曰寄子由故後句云中秋誰與共孤光把酒淒涼北望則兄弟之情見於句意之間矣疑是在錢塘作時子由爲睢陽幕客若詞話所云則非也　東皋雜錄云東坡自錢塘被召過京口林子中作守郡有會坐中營妓出牒鄭容求落籍高瑩求從良子中命呈東坡坡索筆爲減字木蘭花書牒後云鄭莊好客容我樓前先墮幘落筆生風籍籍聲名不負公高山白早瑩骨球肌那解老從此南徐

良夜清風月滿湖晴用此八字於句端也苕溪漁隱曰叢
蘭集載此詞乃東坡贈潤守許仲塗且以鄭容落籍高瑩
從良爲句首非林子中也
曲洧舊聞章楶作水龍吟詠楊花其命意用事清麗可喜
東坡和之若豪放不入律呂徐而視之聲韻諧婉便覺質
夫詞有織繡工夫晁叔用云毛嬙西施淨洗卻面與天下
婦人鬬好質夫豈可比耶　按楶字質夫浦城人仕至同
知樞密院事楊花詞云燕忙鶯懶花殘正隄上柳花飄墜
輕飛點畫靑林誰道全無才思閑趁游絲靜臨深院日長
門閉傍珠簾散漫垂垂欲下依前被風扶起蘭帳玉人睡
覺怪春衣雪霑瓊綴繡牀漸滿香球無數才圓卻碎時見
蜂兒仰粘輕粉魚吞池水望章臺路杳金鞍遊蕩有盈盈
淚東坡和詞云似花還似非花也無人惜從教墜拋家傍
路思量卻是無情有思縈損柔腸困酣嬌眼欲開還閉夢
隨風萬里尋郎去處又還被鶯呼起不恨此花飛盡恨西
園落紅難綴曉來雨過遺蹤何在一池萍碎春色三分二
分塵土一分流水細看來不是楊花點點是離人淚
詞苑叢談東坡春夜行蘄水中過酒家飲醉乘月至一溪
橋上卸鞍曲肱少休及覺已曉亂山葱蘢疑非人世因自
賦西江月云照野瀰瀰淺浪橫空曖曖微霄障泥未解玉
驄嬌我醉欲眠芳艸可惜一溪明月莫敎踏碎瓊瑤卸鞍
敧枕綠楊橋杜宇數聲春曉蘄水楊菊廬比部因此詞於
玉臺山作春曉亭子一時名士多爲賦之亦佳話也吳
虎臣漫錄云別酒送君君一醉清潤潘郎更是何郎壻記
得釵頭新利市莫將分付東鄰子回首長安佳麗地三十
年前我是風流帥爲向靑樓尋故事花枝缺處餘名字右
蝶戀花詞東坡在黃時送潘邠老赴省試作也今集不載

黃庭堅

庭堅字魯直分寧人舉進士元祐初爲校書郎遷集賢校
理擢起居舍人追謚文節有山谷詞二卷
晁无咎云魯直小詞固高妙然不是當行家語乃著腔子
唱好詩也
蘇籀云黃太史詞纖穠精穩體趣天出簡切流美能中之
能投棄錡斧有佩玉之雍容
李易安云黃詞尚故實而多疵病譬如良玉有瑕價自減
半矣
四庫提要云庭堅詞佳者妙脫蹊徑迥出慧心

清平樂 晚春

春歸何處寂寞無行路若有人知春去處喚取歸來同住　春無蹤迹誰知除非問取黃鸝百囀無人能解因風吹過薔薇

畫堂春 本意　年十六作見全集

東風吹柳日初長雨餘芳草斜陽杏花零落燕泥香睡損紅妝寶篆煙銷龍鳳畫屏雲鎖瀟湘夜寒微透薄羅裳無限思量

驀山溪 別意　贈衡陽妓陳湘見全集

鴛鴦翡翠小小思珍偶眉黛斂秋波儘湖南山明水秀娉娉裊裊恰近十三餘春未透花枝瘦正是愁時候　尋芳載酒肯落他人後只恐遠歸來綠成陰青梅如豆心期得處每自不由人長亭柳君知否千里猶回首

乾隆府廳州縣圖志衡陽縣屬衡州府郭下漢置酃縣至隋改衡陽縣

山谷詞驀山溪至宜州作寄贈陳湘云稠花亂葉到處撩人醉林下有孤芳不悤悤成蹊桃李今年風雨莫送斷腸紅斜枝倚風塵裏不帶風塵氣微嗔又喜約略知春味江上一帆愁夢猶尋歌梁舞地如今對酒不似那回時書謾寫夢來空只有相思是又曾敷文既盼陳湘歌舞便出其類學書亦進只來求小楷作阮郎歸詞付之云盈盈嬌女似羅敷湘江明月珠起來綰髻又重梳弄妝仍學書歌調態舞工夫湖南都不如他年未厭白髭鬚同舟歸五湖

黃元明詞青玉案和賀方回韻送山谷弟貶宜州云千峯百嶂宜州路天黯淡知人去曉別吾家黃叔度弟兄華髮舊山修水異日同歸處樽罍飲散長亭暮別語丁甯不成句已斷離腸知幾許水郵山館酒醒無寐滴盡空階雨

山谷詞至宜州次韻上酬七兄云煙中一綫來時路極目送歸鴻去第四陽關雲不度山胡新囀子規言語正在人愁處憂能損性休朝暮憶我當筵醉時句舊詩云我自只如常日醉滿川風月替人愁渡水穿雲心已許晚年光景

小軒南浦同捲西山雨
徐師川東湖集張志和漁父詞云西塞山前白鷺飛桃花
流水鱖魚肥青篛笠綠簑衣斜風細雨不須歸顧況漁父
詞云新婦磯邊月明女兒浦口潮平沙頭鷺宿魚驚東坡
云元眞語極麗恨其曲度不傳加數語以浣溪沙歌之云
西塞山前白鷺飛散花洲外片帆微桃花流水鱖魚肥自
庇一身青篛笠相隨到處綠簑衣斜風細雨不須歸山谷
見之擊節稱賞且云惜其散花與桃花字重疊又漁舟少
有使帆者巧取張顧二詞合爲浣溪沙云新婦磯邊眉黛
愁女兒浦口眼波秋驚魚錯認月沈鉤青篛笠前無限事
綠莎衣底一時休斜風細雨轉船頭東坡跋云魯直此詞
清新婉麗問其最得意處以山光水色替卻玉肌花貌眞
得漁父家風也然纔出新婦磯便入女兒浦此漁父無乃
太瀾浪乎山谷晚年亦悔前作之未工因表弟李如箎言
漁父詞以鷓鴣天歌之甚協律恨語少聲多耳因以憲宗
遺像求元眞子文章及元眞之兄松齡勸歸之意足前後
數句云西塞山前白鷺飛桃花流水鱖魚肥朝廷尙問元
眞子何處如今更有詩青篛笠綠簑衣斜風細雨不須歸
人間欲避風波險一日風波十二時東坡笑日魯直乃欲
平地起風波也

鶴林玉露山谷題元眞子圖詞所謂人間底是無波處一
日風波十二時者固已妙矣張仲宗詞云釣笠披雲青嶂
曉檝頭細雨春江渺白鳥飛來風滿棹收綸了漁童拍手
樵青笑明月太虛同一照浮家泛宅忘昏曉醉眼冷看朝
市闊煙波老誰能惹得閒煩惱語意新光飄逸仲宗年逾四
十郎挂冠後因作詞送胡澹菴貶新州忤秦檜亦得罪其
標致如此宜其能道元眞子心事
墨客揮犀華亭船子和尙偈曰千尺絲綸直下垂一波纔
動萬波隨夜靜水寒魚不食滿船空載月明歸叢林盛傳
想見其爲人宜州倚曲音成長短句曰一波纔動萬波隨
簑笠一鉤絲金鱗正在深處千尺也須垂吞又吐信還疑
上鉤遲水寒江靜滿目青山載月明歸
冷齋夜話嶺外梅花與中國異其花幾類桃花之色而昏
紅香著魯直詞曰天涯也得江南信梅破知春近夜闌風
細得香遲不道曉來開遍向南枝玉簫弄粉人應妒飄到
眉心住平生箇裏願杯深去國十年老盡少年心　法雲
秀關西鐵面嚴冷能以理折人魯直名重天下詩詞一出
人爭傳之師嘗謂魯直曰詩多作無害豔歌小詞可罷之
魯直笑曰空中語耳非殺非偸終不至坐此墮惡道師曰
若以邪言蕩人淫心使彼逾禮越禁爲罪惡之由吾恐非

止墮惡道而已魯直領之自是不復作詞曲

山谷南遷與余會於長沙留碧湘門一月李子光以官舟借之爲憎疾者腹誹因攜十六口買小舟余以舟逼窄爲言山谷笑曰煙波萬頃水宿小舟與大廈千楹醉眠一榻何所異道人謬矣即解纜去聞留衡陽作詩寫字因作長短句寄之曰大廈吞風吐月小舟坐水眠空霧窗春曉翠如蔥睡起雲濤正湧往事回頭笑處此生彈指聲中玉牋佳句敏驚鴻聞道衡陽價重時余方還江南山谷和其詞曰月仄金盆墮水雁回醉墨書空君詩秀絕雨園蔥想見衲衣寒擁蟻穴夢魂人世楊花蹤迹風中莫將社燕笑秋鴻處處春山翠重

按此條見苕溪漁隱叢話所載今商濬刻稗海所收冷齋夜話十卷中無之或稗海有所遺佚耶

後山詩話黃詞云斷送一生惟有破除萬事無過蓋韓詩有云斷送一生惟有酒破除萬事無過酒才去一字便爲切對而語益峻又云杯行到手更留殘不道月明人散謂思相離之憂則不得不盡而俗士改爲留連遂使兩句相失正如論詩云一方明月可中亭可不如滿也

詞綜蘆南官妓盼盼惜春容侑浩翁云少年看花雙鬢綠走馬章臺絃管遂而今老更惜花深終日看花看不足坐中美女顏如玉爲我同歌金縷曲歸時壓得帽簷攲頭上春風紅緞緞

桯史紹聖二年四月甲申山谷以史事謫黔南道閒作竹枝詞二篇題歌羅驛曰撐崖挂谷蝮蛇愁入箐攀天猿掉頭鬼門關外莫言遠五十三驛是皇州浮雲一百入盤縈落日四十九渡明鬼門關外莫言遠四海一家皆弟兄又自書其後曰古樂府有巴東三峽巫峽長猿鳴三聲淚霑裳但以抑怨之音和爲數疊惜其聲今不傳余自荊州上峽入點中備嘗山川險阻因作二疊傳與巴娘令以竹枝歌之前一疊可和云鬼門關外莫言遠五十三驛是皇州後一疊可和云鬼門關外莫言遠四海一家皆弟兄或各用四句入陽關小秦王亦可歌也是夜宿于驛夢李白相見於山閒曰予往謫夜郎於此閒聞杜鵑作竹枝詞三疊世傳之不子細憶集中無有三誦而使之傳焉其辭曰一聲望帝花片飛萬里明妃雪打圍馬上胡兒那解聽琵琶應道不如歸竹竿坡面蛇倒退摩圍山胥胡孫愁杜鵑無血可續淚何日金雞赦九州命輕人鮓饔頭船日瘦鬼門關外天北人墮淚南人笑青壁無梯聞杜鵑今豫章集所刋蓋自謂夢中語也音響節奏似矣而不能掩其眞亦寓言之流歟

漁隱叢話魯直諸茶詞余謂品令一詞最佳能道人所不

能言尤在結尾三四句詞云鳳舞團團餅恨分破教孤冷
金渠體淨隻輪慢碾玉塵光瑩湯響松風早減二分酒病
味濃香永醉鄉路成佳境恰如燈下故人萬里歸來對影
口不能言心下快活自省　復齋漫錄云自賀方回爲青
玉案詞山谷光愛之故作小詩以紀之及謫宜州山谷兄
元明和以送之云詞見前山谷和云詞見前洪覺範和云
綠槐煙柳長亭路恨耿耿分離去日永如年愁難度高城
回首碧雲遮盡目斷人何處解鞍旅舍天將暮暗憶丁甯
千萬句一寸危腸情幾許薄衾孤枕夢回人靜徹曉瀟瀟
雨　山谷云八月十七日與諸生步至永安城入張寬夫
園待月以金荷葉酌客客有孫叔敏善長笛連作數曲諸
生曰今日之會樂矣不可以無述因作此曲記之文不加
點或以爲可繼東坡赤壁之歌云斷虹霽雨淨秋空山染
修眉新綠桂影扶疏誰使道今夕清輝不足萬里青天嫦
蛾何處駕此一輪明玉寒光零亂爲人偏照醽醁年少隨
我追涼晚城幽徑繞芳園森木共倒金荷家萬里難得樽
前相屬老子平生江南江北最愛臨風曲孫郎微笑生來
聲噴霜竹茗溪漁隱云山谷謂此詞可繼東坡赤壁之歌
余故列東坡之詞於左方大江東去浪淘盡千古風流人
物故壘西邊人道是三國周郎赤壁亂石穿空驚濤拍岸

卷起千堆雪江山如畫一時多少豪傑遙想公瑾當年小
喬初嫁了雄姿英發羽扇綸巾談笑處檣櫓灰飛煙滅故
國神遊多情應笑我早生華髮人生如夢一樽還酹明月
程滄洲詞念奴嬌中秋玩月序曰讀山谷共倒金荷家萬
里難得樽前相屬之句悵然有懷借韻作一首詞曰曉涼
散策恨西風不貸一池殘綠誰與冰輪搗玉斧恰好今宵
圓足樹杪翻光莎庭轉影零亂崑臺玉盪貿清露間須澆
下醴酥休問湖海飄零老人心事似倚巖枯木萬里覩知
應健否脈脈此情誰屬世處難平天高難問倚遍闌干曲
不妨隨寓買園催種松竹
老學菴筆記范寥言魯直至宜州州無亭驛又無民居可
儆止一僧舍可寓而適爲崇甯萬壽寺法所不許乃居一
城樓上亦極湫隘秋暑方熾幾不可過一日忽小雨魯直
飲薄醉坐胡牀自欄楯間伸足出外以受雨顧謂寥曰信
中吾平生無此快也未幾而卒
詞苑叢談豫章守當塗解印後一日郡中置酒郭功甫在
坐豫章爲木蘭花令以示之云淩歙臺上青青麥姑熟堂
前餘翰墨暫分一印管江南稍爲諸公方阜白江山依舊
雲空碧昨日主人今日客誰分賓主強惺惺問取磯頭新
荔石　崇熙四年重九山谷在宜州登郡城樓聽邊人相

語今歲當塵戢取封侯山谷因作南鄉子詞云諸將說封侯短笛長吹獨倚樓萬事盡隨風雨去休休戲馬臺南金絡頭催酒莫遲留酒味今秋似去秋花向老人頭上笑羞羞白髮簪花不解愁倚闌高歌若不能堪者是月三十日果不起

秦觀

觀字少游一字太虛號淮海居士高郵人登第後蘇軾薦於朝除太學博士遷正字兼國史院編修官坐黨籍徙徽宗立放還至藤州卒有淮海詞三卷

晁無咎云近來作者皆不及少游如斜陽外寒鴉數點流水遶孤村雖不識字人亦知是天生好言語也

蔡伯世云子瞻辭勝乎情耆卿情勝乎辭辭情相稱者惟少游而已

張綖云少游多婉約子瞻多豪放當以婉約爲主

陳後山云今代詞手惟秦七黃九耳唐諸人不迨也

李易安云秦詞專主情致而少故實譬如貧家美女雖極妍麗丰逸而終乏富貴態

胡元任云少游詞雖婉美然格力失之弱

蘇籀云秦校理詞落盡畦畛天心月脅逸格超絕妙中之妙議者謂前無倫而後無繼

張叔夏云秦少游詞體制淡雅氣骨不衰清麗中不斷意脈咀嚼無滓久而知味

四庫提要云觀詞情韻兼勝在蘇黃之上流傳雖少要爲倚聲家一作手

憶王孫 春閨 花菴詞選作李重元詞

萋萋芳草憶王孫柳外樓高空斷魂杜宇聲聲不忍聞欲黃昏雨打梨花深閉門

按李重元詞凡四闋春詞即此夏詞云風蒲獵獵小池塘過雨荷花滿院香沈李浮瓜冰雪涼竹方牀鍼線慵拈午夢長秋詞云颼颼風冷荻花秋明月斜侵獨倚樓十二珠簾不上鉤黯凝眸一點漁燈古渡頭冬詞云彤雲風掃雪初晴天外孤鴻三兩聲獨擁寒衾不忍聽月籠明窗外梅花瘦影橫

如夢令 春景

[illegible]

秦觀

[illegible]

[illegible]

憶王孫 春閨 花菴詞選作李重元詞

萋萋芳草憶王孫 柳外樓高空斷魂 杜宇聲聲不忍聞 欲黃昏 雨打梨花深閉門

[illegible]

如夢令 春景

鶯觜啄花紅溜燕尾點波綠皺指冷玉笙寒吹徹小梅春透依
舊依舊人與綠楊俱瘦

桃源憶故人 冬景

玉樓深鎖多情種清夜悠悠誰共羞見枕衾鴛鳳悶則和衣擁
無端畫角嚴城動驚破一番新夢窗外月華霜重聽徹梅花
弄

鵲橋仙 七夕

纖雲弄巧飛星傳恨銀漢迢迢暗度金風玉露一相逢便勝卻
人間無數 柔情似水佳期如夢忍顧鵲橋歸路兩情若是久
長時又豈在朝朝暮暮

河傳 贈妓

恨眉醉眼甚輕輕覷著神魂迷亂常記那回小曲闌干西畔鬢
雲鬆羅襪剗 丁香笑吐嬌無限語軟聲低道我何曾慣雲雨
未諧早被東風吹散瘦煞人天不管

山谷詞河傳有士大夫家歌秦少游瘦煞人天不管之曲以好字易瘦字戲為之作云心情老懶對歌對舞猶是當時眼巧笑靚妝近我哀容華鬢似扶著賣卜算思量好箇當年見催酒催更只怕歸期短飲散燈稀背鎖落花深院好殺人天不管

滿庭芳 春遊

曉色雲開春隨人意驟雨才過還晴古臺芳榭飛燕蹴紅英舞
困榆錢自落鞦韆外綠水橋平東風裏朱門映柳低按小秦箏

多情行樂處珠鈿翠蓋玉轡紅纓漸酒空金榼花困蓬瀛豆蔻梢頭舊恨十年夢屈指堪驚凭欄久疏烟淡日寂寞下蕪城

鐵圍山叢談秦觀壻范溫常預貴人家會貴人有侍兒喜歌秦少游長短句坐閒累不顧溫酒酣歡洽始問此郎何人溫遽起叉手對曰某乃山抹微雲女壻也聞者絕倒

按少游滿庭芳詞云山抹微雲天粘衰草畫角聲斷譙門暫停征棹聊共引離尊多少蓬萊舊事空回首烟靄紛紛斜陽外寒鴉數點流水遶孤村銷魂當此際香囊暗解羅帶輕分謾贏得青樓薄倖名存此去何時見也襟袖上空染啼痕傷情處高城望斷燈火已黃昏

避暑錄話秦少游亦善爲樂府語工而入律知樂者謂之作家歌元豐間盛行於淮楚寒鴉萬點流水遶孤村本隋煬帝詩也少游取以爲滿庭芳辭而首言山抹微雲天粘衰草尤爲當時所傳蘇子瞻於四學士中最善少游故他文未嘗不極口稱善豈特樂府然猶以氣格爲病故常戲云山抹微雲秦學士露花倒影柳屯田露花倒影柳永破陣子語也

花菴詞選註曰秦少游自會稽入京見東坡坡曰久別當作文甚勝都下盛唱公山抹微雲之詞秦遜謝坡遽云不意別後公卻學柳七作詞秦荅曰某雖無識亦不至是先生之言無乃過乎坡云銷魂當此際非柳詞句法乎秦慚服然已流傳不復可改矣又問別作何詞秦舉小樓連苑橫空下窺繡轂彫鞍驟坡云十三箇字只說得一箇人騎馬樓前過秦問先生近著坡云亦有一詞說樓上事乃舉燕子樓空佳人何在空鎖樓中燕晁无咎在坐云三句說盡張建封燕子樓一段事奇哉

能改齋漫錄杭之西湖有一倅閑唱少游滿庭芳偶然誤舉一韻云畫角聲斷斜陽妓琴操在側云山抹微雲天連衰草畫角聲斷譙門非斜陽也倅因戲之曰爾可改韻否琴即改作陽字韻云山抹微雲天連衰草畫角聲斷斜陽暫停征轡聊共飲離觴多少蓬萊舊侶頻回首烟靄茫茫孤邨裏寒鴉萬點流水遶空牆魂傷當此際輕分羅帶暗解香囊謾贏得秦樓薄倖名狂此去何時見也襟袖上空有餘香傷心處長城望斷燈火已昏黃 ▲按琴操杭州妓後削髮爲尼

山堂肆考海棠橋在南甯府横州橋南北皆植海棠有書生祝姓者家此宋秦觀嘗醉宿其家明日題一詞云喚起一聲人悄衾冷夢寒窗曉瘴雨過海棠開春色又添多少

多情行樂處珠鈿翠蓋玉轡紅纓漸酒空金榼花困蓬瀛

豆蔻梢頭舊恨十年夢屈指堪驚憑闌久疏煙淡日寂寞下蕪城

[illegible]

……曰秦少游自會稽入京見東坡坡曰久別當

[illegible]

社酒釀成微笑半破椰瓢共舀覺傾倒急投牀醉鄉廣大人間小

墨莊漫錄秦少游侍兒朝華姓邊氏京師人也元祐癸酉歲納之嘗為詩云天風吹月入欄杆烏鵲無聲子夜閒織女明星來枕上了知身不在人間時朝華年十九也後三年少游欲修眞斷世緣遂遺朝華歸父母家貧以金帛而嫁之朝華臨別泣不已少游作詩云月霧茫茫曉柝悲玉人揮手斷腸時不須重向燈前泣百歲終當一別離朝華既去二十餘日使其父來云不願嫁卻乞歸少游憐而復取歸明年少游出倅錢塘至淮上因與道友論議歎光景之遣歸謂華曰汝不去吾不得修眞矣亟使人走京師呼其父遣朝華隨去復作詩云玉人前去卻重來此度分攜更不回腸斷龜山離別處夕陽孤塔自崔嵬時紹聖元年五月十一日也少游嘗手書記此事未幾遂竄南荒去

高齋詩話秦少游在蔡州與營妓婁婉字東玉甚密贈之詞云小樓連苑橫空又云玉佩丁東別後是也又贈妓陶心兒詞南歌子云玉漏迢迢盡銀河淡淡橫夢回宿酒未全醒已被鄰雞催起怕天明臂上妝猶在襟間淚尚盈水邊燈火漸人行天外一鈎殘月帶三星末句謂心字也

冷齋夜話少游郴州作長短句云霧失樓臺月迷津渡桃源望斷無尋處可堪孤館閉春寒杜鵑聲裏斜陽暮驛寄梅花魚傳尺素砌成此恨無重數郴江幸自遶郴山為誰流下瀟湘去東坡絕愛其尾兩句自書於扇曰少游已矣雖萬人何贖

東坡初未識少游少游知其將復過維揚作坡筆語題壁於一山寺中東坡果不能辨大驚及見孫莘老出少游詩詞數十篇讀之乃歎曰向書壁者定此郎也後與少游維揚飲別作虞美人曰波聲拍枕長淮曉隙月窺人小無情汴水自東流只載一船離恨向西州竹陰花圃曾同醉酒未多於淚誰教風鑑在塵埃醞造一場煩惱送人來世傳此詞是賀方回所作雖山谷亦云大觀中於金陵見其親筆醉墨超放氣壓王子敬蓋東坡詞也

少游小詞奇麗詠歌之想見其神情在絳闕道山之閒詞曰柳邊沙外城郭春寒退花影亂鶯聲碎飄零疏酒醆離別寬衣帶人不見碧雲暮合空相對憶昔西池會鵷鷺同飛蓋攜手處今誰在日邊淸夢斷鏡裏朱顏改春去也落紅萬點愁如海余兒思禹使余賦崔嵬頭子詞因次韻曰半身屏外睡覺脣紅退春思亂芳心碎空餘簪髻玉不見流蘇帶試與問今人秀韻誰宜對湘浦曾同會手弭靑羅蓋疑是夢中猶在十分春易盡一點情難改多少事都隨悵遠連雲海

秦少游在處州夢中作好事近詞云山路

詞譜卷二

雨添花花動一山春色行到小橋深處有黃鸝千百飛雲
當面化龍蛇天矯轉空碧醉臥古藤陰下了不知南北後
南遷久之北歸逗遛於藤州光華亭方醉起以玉盂汲泉
笑視而死
山谷詞千秋歲少游得謫嘗夢中作詞云醉臥古藤陰下
了不知南北竟以元符庚辰死於藤州光華亭上崇甯甲
中庭堅竄宜州道過衡陽覽其遺墨始追和其千秋歲詞
云苑邊花外記得同鶴退飛騎軋鳴珂碎齊歌雲繞扇趙
舞風回帶嚴鼓斷杯盤狼藉猶相對灑淚誰能會醉臥藤
陰蓋人已去詞空在兔園高宴悄虎觀英游改重感慨波
濤萬頃珠沉海 弁見鼎无咎集
詞苑叢談錢起湘靈鼓瑟詩末句曲終人不見江上數峯
青秦少游嘗用以塡詞云千里瀟湘挼藍浦蘭橈昔日曾
經月高風定露華淸微波澄不動冷浸一夜星獨倚柂樓
情悄悄遙聞妃瑟泠泠新聲含盡古今情曲終人不見江
上數峯青

賀鑄

鑄字方回衞州人孝惠皇后族孫元祐中通判泗州又倅
太平州退居吳下有慶湖遺老集二十九卷東山寓聲樂

府三卷
張文潛云方回樂府妙絕一世盛麗如遊金張之堂妖冶
如攬嬙施之袪幽索如屈宋悲壯如蘇李
李易安云賀詞苦少典重
張叔夏云賀方回吳夢窗皆善於鍊字面多於溫庭筠李
長吉詩中來

青玉案 春暮

淩波不過橫塘路但目送芳塵去錦瑟年華誰與度月樓花院
綺窗朱戶惟有春知處　碧雲冉冉蘅皋暮綵筆空題斷腸句
試問閒愁知幾許一川煙草滿城風絮梅子黃時雨

七修類稿秦觀與蘇黃齊名嘗於夢中作好事近一詞云
云其後以事謫藤州竟死於藤此詞其讖乎少游同時有
賀鑄嘗作青玉案[illegible]之云云山谷有詩云少游醉臥古藤
下誰與愁眉唱一杯解道江南斷腸句祇今惟有賀方回
秦詞世人少知余嘗覩見其墨跡後有近代劉菊莊題云
名並蘇黃學更優一詞遺墨至今留無人喚醒藤州夢誰

水淮山總是愁亦不勝其感慨因憶賀黃二作併書之以見少游固竟歿於貶所而山谷厄於城樓之死尤艱哉嗚呼詠詩之日孰知又爲少游之後者耶

中吳紀聞賀鑄字方回本山陰人徙姑蘇之醋坊橋方回嘗遊定力寺訪僧不遇因題一絶云破冰泉脈漱籬根壞衲猶疑挂樹猨蠟屐舊痕渾不見東風先爲我開門王荆公極愛之自此聲價愈重有小築在盤門南十餘里地名橫塘方回往來其間嘗作青玉案詞云云後山谷有詩云解道江南斷腸句只今惟有賀方回其爲前輩推重如此初方回爲武弁李邦直爲執政時力薦之其畧謂竊見西頭供奉官賀某老於文學泛觀古今詞章議論迥出流輩欲望改換一職令入文資以示聖時育材進善之意上可其奏因易文階積官至正郎終於常倅

鶴林玉露詩家有以山喻愁者杜少陵云端憂如山來澒洞不可掇趙嘏云夕陽樓上山重疊未抵春愁一倍多是也有以水喻愁者李欣云請量東海水看取淺深愁李後主云問君都有幾多愁恰似一江春水向東流秦少游云落紅萬點愁如海是也賀方回云試問閑愁知幾許一川煙草滿城風絮梅子黃時雨盡以三者比愁之多也尤爲新奇兼興中有比意味更長

潘子眞詩話世稱方回新作梅子黃時雨爲絶唱蓋用寇萊公語也寇公云杜鵑啼處血成花梅子黃時雨如霧

詞綜周少隱云方回有梅子黃時雨之句人謂之賀梅子方回寡髮郭功父指其髻曰此眞賀梅子也

薄倖 春情　一作憶故人

淡妝多態更滴滴頻回盼睞便認得琴心先許欲綰合歡雙帶記畫堂風月逢迎輕顰淺笑嬌無奈向睡鴨爐邊翔鴛屏裏羞把香羅暗解　自過了燒燈後都不見踏青挑菜幾回憑雙燕丁寧深意往來卻恨重簾礙約何時再正春濃酒困人閒晝永無聊賴厭厭睡起猶有花梢日在

陽春白雪賀方回謁金門李黃門夢得一曲前遍二十言後遍二十二言而無其聲余采其前遍潤一橫字已續二十五字寫之云楊花落燕子橫穿朱閣常恨春醪加水薄閑愁無處著綠野帶江山絡角桃葉參差前約歷歷短檣

沙外汀東風晚來惡
賀方回小梅花三闋檃括唐人詩
歌爲之是亦集句之義然其開語意聯屬飄飄然有豪縱
高舉之氣酒酣耳熱浩歌數過亦一快也一曰城下路淒
風露今人犁田昔人墓岸頭沙帶兼葭漫漫昔時流水今
人家黃埃赤日長安道俺客無漿馬無草閉函關掩函關
千古如何不見一人閒六國擾三秦掃初謂商山遺四老
馳單車致緘書裂荷焚芰接武曳長裾高人端得酒中趣
深入醉鄉安穩處生忘形死忘名誰論二豪御不數劉伶
二日縛虎手懸河口車如雞棲馬如狗白綸巾撲黃塵不
知我輩不是蓬蒿人衰蘭送客咸陽道天若有情天亦老
作雷顛不論錢誰問旗亭美酒斗十千酌大斗起爲壽青
鬢常青古無有笑嫣然舞翩然當壚秦女十五語如弦遺
音能記秋風曲事去千年猶恨促攬流光繫扶桑爭奈愁
來一日郎爲長三日思前別記時節美人顏色如花發美
人歸天一涯娟娟姮娥三五滿還虧翠眉蟬鬢生離訣遙
望青樓心欲絕夢中尋臥巫雲覺來珠淚滴向湘水深愁
無已奏綠綺歷歷高山與流水妙通神絕知音不知暮雨
朝雲何山岑相思無物堪相比珠箔雕闌幾千里漏將分
月窗明一夜梅花忽閒疑是君
老學庵筆記賀方回狀貌奇醜色青黑而有英氣俗謂之

賀鬼頭喜校書朱黃未嘗去手詩文皆高不獨工長短句
也潘邠老贈方回詩云詩束牛腰藏舊稿書訛馬尾辨新
譬有二子曰房曰廩於文房從方廩從回蓋寓父字於二
子名也
能改齋漫錄賀方回眷一姝別久姝寄詩云獨倚危欄淚
滿襟小園春色懶追尋深恩縱似丁香結難展芭蕉一寸
心賀因所寄詩遂成柳色黃詞云薄雨催寒斜照弄晴春
意空闊長亭柳色纔黃遠客一枝先折烟橫水際映帶幾
點歸鴉東風消盡龍沙雪還記出門時恰而今時節將發
書樓芳酒紅淚情歌頓成輕別已是經年杳杳音塵都絕
欲知方寸共有幾許清愁芭蕉不展丁香結枉望斷天涯
兩厭厭風月
康伯可詞風流子昔賀方回作此道都城舊遊僕謫居嶺
海醉中忽有歌之者用其聲律再賦一闋恨方回久下世
不見此作云結客少年場繁華夢當日賞風光紅燈九街
買移花市書樓十里特地梅妝醉魂蕩龍跳搗萬字鯨飲
吸三江嬌隨鈿車玉驂南陌喜搖雙樂紅袖橫塘天淮歸
期阻衡陽雁不到路隔三湘難見謝娘詩好蘇小歌長漫
自惜鸞膠朱絃何在暗藏羅結紅綬消香歌罷淚沾宮錦
襟袖淋浪
按方回詞云何處最難忘方豪健放樂五雲

[illegible]

鄉緤筆賦詩禁池芳草香韉調馬輦路垂楊綺筵上扇偎歌纖淺汗裛舞羅香蘭燭伴歸繡輪同載閑花別館隔水深坊零落少年場琴心漫流怨帶眼偸長無奈占冰燕月欺鬢吳霜念北里音塵魚封永斷便橋煙雨鶴表相望好在後庭桃李應記劉郎伯可名與之官郎中

苕溪漁隱叢話復齋漫錄云方回詞有雁後歸云巧翦合歡羅勝子釵頭春意鬧鬧艷歌淺笑拜嫣然願郎宜此酒行樂駐華年未至文園多病客幽襟悽斷堪憐舊游夢挂碧雲邊人歸落雁後思發在花前山谷守當塗方回過馬人日席上作也腔本臨江仙谷以方回用薛道衡詩故易以雁後歸云唐劉餗傳記云隋薛道衡聘陳作人日詩曰入春纔七日離家已二年南人嗤之及云人歸落雁後思發在花前乃曰名下無虛士

詞苑叢談賀方回晚景云鶩外紅綃一縷霞淡黃楊柳帶棲鴉玉人和月折梅花笑撚粉香歸繡戶半垂羅幕護窻紗東風寒似夜來些其起句本王子安滕王閣賦此子可云善盜

毛滂

滂字澤民衢州江山人官至祠部員外郎知秀州有東堂詞一卷

四庫提要云滂詞情韻特勝陳振孫謂滂他詞雖工終無及蘇軾所賞一首者亦隨人之見非篤論也其文集詞集幷稱東堂者滂令武康時改盡心堂爲東堂集中蓦山溪一闋自注其事甚悉云

惜分飛 本意 一作富陽僧舍代作別語

淚溼闌干花著露愁到眉峯碧聚此恨平分取更無言語空相覷 斷雨殘雲無意緒寂寞朝朝暮暮今夜山深處斷魂分付潮回去

乾隆府廳州縣圖志富陽縣漢富春縣屬會稽郡云云晉咸安初改曰富陽五代時復曰富春宋太平興國三年仍曰富陽

西湖遊覽志蘇子瞻守杭時毛澤民者爲法曹公以眾人遇之而澤民與妓瓊芳者善及秩滿辭去作惜分飛詞以贈妓云云子瞻一日宴客聞妓歌此詞問誰所作妓以澤

民對子瞻歎曰鄙寮有詞人而不及知某之罪也翌日折簡追回款洽數月

清波雜志秦少游發郴州反顧有所屬其詞云云山谷云語意極似劉夢得楚蜀間語淚溼闌千花著露云云毛澤民元祐間罷杭州法曹至富陽所作贈別也因是受知東坡語盡而意不盡意盡而情不盡何酷似少游也 按少游詞乃踏莎行見前引冷齋夜話

孫洙

洙字巨源廣陵人舉進士元豐中官翰林學士

河滿子 秋怨

悵望浮生急景淒涼寶瑟餘音楚客多情偏怨別碧山遠水登臨目送連天衰草夜闌幾處疏砧 黃葉無風自落秋雲不雨常陰天若有情天亦老搖搖幽恨難禁惆悵舊歡如夢覺來無處追尋

花菴詞選孫巨源菩薩蠻云樓頭尚有三通鼓何須抵死催人去上馬苦匆匆琵琶曲未終回頭凝望處那更廉纖雨謾道玉為堂玉堂今夜長註曰公於元豐間為翰苑與李端愿太尉往來尤數一日鎖院宣召者至其家則出數十輩蹤跡得之於李氏時李新納妾能琵琶公飲不肯去而迫於宣命入院幾二鼓矣草三制罷作此詞記恨遲明遣示李

東坡詞採桑子潤州多景樓與孫巨源遇云多情多感仍多病多景樓中樽酒相逢樂事回頭一笑空 停杯且聽琵琶語細撚輕攏醉臉春融斜照江天一抹紅

東軒筆錄孫覺孫洙同在三館覺肥而長洙短而小然二人皆髯劉攽呼為大胡孫小胡孫

王詵

詵字晉卿太原人徙開封尚英宗女魏國大長公主歷官定州觀察使開國公駙馬都尉贈昭化軍節度使諡榮安

黃山谷云晉卿樂府清麗幽遠工在江南諸賢李孟之間

燭影搖紅　惜春　一作春恨

香臉輕勻黛眉巧畫宮妝淺風流天付與精神全在嬌波轉早是縈心可慣更那堪頻頻顧盼幾回得見見了還休爭如不見

燭影搖紅夜闌飲散春宵短當時誰解唱陽關離恨天涯遠無奈雲收雨散凭闌干東風淚眼海棠開後燕子來時黃昏庭院

能改齋漫錄都尉憶故人詞云燭影搖紅向夜闌乍酒醒心情孄尊前誰爲唱陽關離恨天涯遠無奈雲沈雨散凭闌干東風淚眼海棠開後燕子來時黃昏庭院徽宗喜其詞猶以不豐容宛轉爲憾遂令大晟府別撰腔周美成增益其詞而以首句爲名謂之燭影搖紅云

隨隱漫錄王晉卿云海棠開後燕子來時黃昏庭院劉招山云一般時節兩銷魂樓上黃昏馬上黃昏趙德麟云斷送一生憔悴能消幾箇黃昏

趙德麟詞浣溪沙王晉卿筵上作云風急花飛晝掩門一簾殘雨滴黃昏便無離恨也銷魂　翠被任熏終不暖玉杯慵舉幾番溫箇般情事與誰論　按德麟名令畤自號聊復翁燕懿王元孫襲封安定郡王贈開府儀同三司有聊復集

耆舊續聞晁氏云東坡嘗作西江月一闋寓意於梅所謂高情已逐曉雲空是也惟榴花獨存故其詞多及之觀浮花浪蘂都盡伴君幽獨可見其意矣南歌子詞云紫陌尋春去紅塵拂面來無人不道看花回惟見石榴新蘂一枝開冰簟堆雲髻金尊灧玉醅綠陰青子莫相催留取紅巾千點照池臺意有所屬也或云贈王晉卿侍兒未知其然否

詞苑叢談王晉卿得罪外謫後房善歌者名囀春鶯爲密縣馬氏所得晉卿還朝賦一聯云佳人已屬沙吒利義士曾無古押衙有客爲足成之云回首音塵兩沈絕春鶯休囀沁園花晉卿悽然賦蝶戀花詞云鐘送黃昏雞報曉昏曉相催世事何時了萬恨千愁人自老春來依舊生芳草忙處人多閑處少閑處光陰幾箇人知道獨上高樓雲杳杳天涯一點青山小

王安國

安國字平甫臨川人安石弟舉進士又舉茂才異等熙甯初除西京國子敎授終祕閣校理有王校理集

四庫提要云安國數以正議見絀其文集亦湮沒不傳

減字木蘭花 春情

畫橋流水雨溼落紅飛不起月破黃昏簾裏餘香馬上聞 徘徊不語今夜夢魂何處去不似垂楊猶解飛花入洞房

侯鯖錄曾子固曰王平甫熙甯癸丑歲直宿崇文院夢有邀之至海上見海水中宮殿甚盛其中作樂笙簫鼓吹之妓甚衆題其名曰靈芝宮邀之者欲俱往有人在宮側隔水謂曰時未至且令去他日當迎之至此恍惚夢覺時禁中已鳴鐘平甫頗自負不凡爲詩記之曰萬頃波濤木葉飛笙簫宮殿號靈芝揮毫不是人間世長樂鐘聲夢覺時後四年平甫病卒其家哭訊之曰君嘗夢往靈芝宮果然乎卜曰然昔人至海上蓬萊見樓臺中有待樂天之宮樂天爲詩以誌與平甫之夢蓋相似二人皆天才逸發其精神所寓必有異者蓋有之而不可窮也

東軒筆錄王平甫學士軀幹魁碩而眉宇秀朗嘗盛夏入館中方下馬流汗浹衣劉攽見而笑曰君眞所謂汗淋學士也

苕溪漁隱叢話倦遊雜錄云平甫熙甯中判官告院忽於秋日作宮詞點絳脣一解以示魏泰泰曰斷章有流離之思何也明年果得罪廢歸金陵其詞曰秋氣微涼夢回明月穿簾幙井梧蕭索正遶南枝鵲 寶瑟塵生金雁空零落情無託鬢雲慵掠不似君恩薄

謝逸

逸字無逸臨川人有溪堂詞一卷

千秋歲 夏景

楝花飄砌蔌蔌清香細梅雨過蘋風起情隨湘水遠夢繞吳山翠琴書倦鷓鴣喚起南窗睡 密意無人寄幽恨憑誰洗修竹

畔疏簾裏歌餘塵拂扇舞罷風掀袂人散後一鈎新月天如水

苕溪漁隱叢話復齋漫錄云無逸嘗於黃州關山杏花村館驛題江神子詞云杏花村館酒旗風水溶溶颭殘紅野渡舟橫楊柳綠陰濃望斷江南山色遠人不見草連空夕陽樓外晚煙籠粉香融淡眉峰記得年時相見畫屏中只有關山今夜月千里外素光同過者必索筆於館卒卒頗以爲苦因以泥塗之

詞苑叢談臨川謝無逸嘗作咏蝶詩三百首其警句云飛隨柳絮有時見舞入黎花何處尋人盛稱之因呼爲謝蝴蝶有卜算子詞云煙雨幕橫塘紺色橫淸淺誰把并州快翦刀翦取吳江半隱几岸烏巾細葛含風軟不見柴桑避俗翁心共孤雲遠標致雋永全無薌澤可稱逸調

詞綜謝逸花心動云風裏楊花輕薄性銀燭高燒心熱香餌懸鉤魚不輕吞辜負釣兒虛設桑蠶到老絲長絆鍼刺眼淚流成血思量起粘枝花朶果兒難結海樣情深忍撇似夢裏相逢不勝歡悅出水雙蓮摘取一枝可惜並頭分拆猛期月滿會短娥誰知是初生新月折翼鳥甚日于飛時節註引沈天羽云此詞句句比方用小雅鶴鳴篇體也

謝幼槃醉蓬萊中秋懷無逸兄云望晴峯染黛暮靄澄空碧天無漢圓鏡高飛又一年秋半皓色誰同歸心暗折聽唳雲孤雁問月停杯錦帆何處一尊無伴好在南鄰詩盟酒社刻燭爭成引觴愁緩今夕樓中繼阿連淸玩飲劇狂歌歌終起舞醉冷光零亂樂事難窮疏星易曉又成悵歎

按幼槃名薖自號竹友

周邦彥

邦彥字美成錢塘人元豐中獻汴都賦召爲太樂正徽宗朝仕至徽猷閣待制出知順昌府徙處州卒自號淸眞居士有片玉詞三卷

張叔夏云崇甯立大晟府命周美成諸人討論古音審定古調淪落之後少得存者由此八十四調之聲稍傳而美成諸人又復增演慢曲引近或移宮換羽爲三犯四犯之曲按月律爲之其曲遂繁美成負一代詞名所作之詞渾厚和雅善於融化詩句而於音譜且閒有未諧可見其難矣作詞者多效其體製失之軟媚而無所取此惟美成爲然不能學也所可倣效之詞是一美成而已　又云詞欲雅而正志之所之一爲情所役則失其雅正之音耆卿伯可不必論雖美成亦有所不免如爲伊淚落如最苦夢魂

畔疏簾裡歌餘塵拂扇舞罷風掀袂人散後一鉤新月天如水

[illegible]

[illegible]

周邦彥

邦彥字美成錢塘人元豐中獻汴都賦召為太樂正徽宗朝仕至徽猷閣待制出知順昌府徙處州卒自號清真居士

[illegible]

今宵不到伊行如天便教人霎時得見何妨如又恐伊尋
消問息瘦損容光如許多煩惱只爲當時一晌留情所謂
淸厚日變成澆風也又云美成詞只當看渾成處於軟
媚中有氣魄採唐詩融化如自己者乃其所長惜乎意趣
卻不高遠所以出奇之語以白石騷雅句法潤色之眞天
機雲錦也
詞綜晉陽强煥序云美成詞撫寫物態曲盡其妙劉潛
夫云美成頗偸古句陳質齋云美成詞多用唐人詩語
櫽括入律混然天成長調尤善鋪敘富豔精工詞人之甲
乙也沈伯時云作詞當以淸眞爲主蓋淸眞最爲知音
且下字用意皆有法度
四庫提要云宋史文苑傳稱邦彥疏雋少檢不爲州里推重
好音樂能自度曲製樂府長短句詞韻淸蔚又云陳郁
藏一話腴謂其以樂府獨步貴人學士市儈妓女皆知其
詞爲可愛非溢美也又邦彥本通音律下字用韻皆有法
度故方千里和詞一一按譜塡腔不敢稍失尺寸又云
邦彥妙解聲律爲詞家之冠所製諸調不獨音之平仄宜
遵即仄字中上去入三音亦不容相混所謂分刌節度深
契微芒故千里和詞字字奉爲標準

鎖窗寒 寒食

暗柳啼鴉單衣竚立小簾朱戶桐花半畝靜鎖一庭愁雨灑空
階更闌未休故人翦燭西窗語似楚江暝宿風燈零亂少年羇
旅　遲暮嬉遊處正店舍無煙禁城百五旗亭喚酒付與高陽
儔侶想東園桃李自春小脣秀靨今在否到歸時定有殘英待
客攜樽俎

解語花 元宵

風銷焰蠟露浥烘爐花市光相射桂華流瓦纖雲散耿耿素娥
欲下衣裳淡雅看楚女纖腰一把簫鼓喧人影參差滿路飄香
麝、因念帝城放夜望千門如晝嬉笑游冶鈿車羅帊相逢處

自有暗塵隨馬年光是也惟只有舊情衰謝清漏移飛蓋歸來
任舞休歌罷
詞源昔人詠節序不惟不多附之歌喉者類是率俗不過爲應時納俗之聲耳所謂清明折桐花爛漫端午梅霖初歇七夕炎光謝若律以詞家調度則皆未然豈如美成解語花賦元夕云云如此等妙詞頗多不獨措辭精粹又且見時序風物之盛人家宴樂之同

過秦樓 秋夜

水浴銀蟾葉喧涼吹巷陌馬聲初斷閒依露井笑撲流螢惹破畫羅香扇人靜夜久凭欄愁不歸眠立殘更箭歎年華一瞬人今千里夢沈書遠 空見說鬢怯瓊梳容消金鏡漸嬾趁時勻染梅風地溽虹雨苔滋一架舞紅都變誰信無聊爲伊才減江

淹情傷荀倩但明河影下還看疏星幾點
詞旨屬對稱柳蘇晴故溪歇雨
詞眼籠燈燃月
花菴詞選周美成花犯詠梅花云粉牆低梅花照眼依然舊風味露痕輕綴疑淨洗鉛華無限清麗去年勝賞曾孤倚冰盤同宴喜更可惜雪中高樹香篝熏素被今年對花太匆匆相逢似有恨依依愁悴凝望久青苔上旋看飛墜相將見脆圓薦酒人正在空江煙浪裏但夢想一枝瀟灑黃昏斜照水叔暘云此只詠梅花而紆徐反覆道盡三年間事昔人謂好詩圓美流轉如彈丸余於此詞亦云
西湖遊覽志周美成邦彥錢塘人博涉百家元豐初遊京師獻汴都賦神宗奇之累官徽猷閣待制提舉能自度曲製樂府長短句詞韻清蔚名其居曰顧曲堂其所製意難忘云衣染鶯黃愛停歌住拍勸酒持觴低鬟蟬影動私語口脂香簷露滴竹風涼拚劇飲淋浪夜漸深籠燈就月子細端相知音見說無雙解移宮換羽未怕周郎長眉知有恨貪耍不成妝些箇事惱人腸試說與何妨又恐伊尋消問息瘦減容光其詞格大率類此
詞綜夷堅支志云美成在姑蘇與營妓岳楚雲相戀後從

京師過吳則岳已從人久矣因飲於太守蔡巒子高坐上見其妹因作點絳脣詞寄之云遼鶴歸來故鄉多少傷心地短書不寄魚浪空千里憑仗桃根說與相思意愁無際舊時衣袂猶有東風淚楚雲讀之感泣者累日

鶴林玉露楊東山言道藏經云蝶交則粉退蜂交則黃退周美成詞蝶粉蜂黃渾退了正用此也而說者以為宮妝且以退為褪誤矣余因歎曰區區小詞讀書不博者尚不能得其旨況古人之文章而可以臆見妄解乎

墨莊漫錄今人家閒房遇春秋社日不作組紃謂之忌作故周美成秋蘂香詞云乳鴨池塘水暖風緊柳花迎面午妝粉指印窗眼曲理長眉翠淺聞知社日停鍼線探新燕寶釵落枕夢春遠簾影參差滿院

浩然齋雅談宣和中李師師以能歌舞稱時周邦彥為太學生時遊其家一夕祐陵臨幸倉卒避去既而賦小詞所謂并刀如翦吳鹽勝雪者蓋紀此夕事也未幾李被宣喚遂歌于上前問誰作以邦彥對遂與解褐自此通顯既而朝廷賜酺師師又歌大酺六醜二解上顧教坊使袁綯問綯曰此起居舍人新知潞州周邦彥作也問六醜之義莫能對召邦彥問之對曰此犯六調皆聲之美者然絕難歌上喜意將留行且以近多祥瑞將使播之樂章命蔡元長叩之邦彥云某老矣頗悔少作會起居郎張果廉知邦彥嘗於親王席上作小詞贈舞鬟云歌席上無賴是橫波寶髻玲瓏敧玉燕繡巾柔膩掩香羅何況會婆娑無箇事因甚斂雙蛾淺淡梳妝疑是畫惺忪言語勝聞歌好處是情多為蔡道其事上知之由是得罪

詞苑叢談周美成為江甯府溧水令主簿之室有色而慧美成每款洽於尊席之間世所傳風流子蓋所寓意焉詞云新淥小池塘風簾動碎影舞斜陽羨金屋去來舊時巢燕土花繚繞前度苺牆繡閣鳳幃深幾許聽得理絲簧欲說又休慮乖芳信未歌先歇愁近清觴遙知新妝了開朱戶應自待月西廂最苦夢魂今宵不到伊行問甚時說與佳音密耗寄將秦鏡偷換韓香天便敎人霎時相見何妨新淥待月皆簿廳亭軒之名也　周邦彥在李師師家聞道君至遂匿牀下道君自攜新橙一顆云是江南初進遂與師師謔語邦彥悉聞之檃括成少年遊云并刀如水吳鹽勝雪纖指破新橙錦幄初溫獸香不斷相對坐調箏低聲問向誰行宿城上已三更馬滑霜濃不如休去直是少人行師師因歌此詞道君問誰作師師以直對道君大怒因加邦彥遷謫押出國門越一二日道君復幸師師家不遇至更初師師歸愁眉淚眼憔悴可掬道君問故師師奏

言邦彥得罪去國咯致一杯相別不知得官家來道君問
曾有詞否李云有蘭陵王詞道君云唱一遍看李因奉酒
歌云柳陰直煙裏絲絲弄碧隋隄上曾見幾番拂水飄綿
送行色登臨望故國誰識京華倦客長亭路年去歲來應
折柔條過千尺閒尋舊蹤迹又酒趁哀絃燈映離席梨花
榆火催寒食愁一翦風快半篙波暖囘頭迢遞便數驛望
人在天北悽惻恨堆積漸別浦縈迴津堠岑寂斜陽冉冉
春無極記月榭攜手露橋聞笛沈思前事似夢裏淚暗滴
歌竟道君大喜復召邦彥爲大晟樂正　周美成晚歸錢
塘夢中得瑞鶴仙詞一闋云悄郊原帶郭行路永客去車
塵漠漠斜陽映山落斂餘紅猶戀孤城闌角淩波步弱過
短亭何用素約有流鶯勸我重解繡鞍緩引春酌不記春
時早暮上馬誰扶醒眠朱閣驚飈動幕猶殘醉遶紅藥歎
西園已是花深無地東風何事又惡任流光過卻歸來洞
天自樂未幾方臘亂自桐廬入杭時美成方宴客倉皇出
奔趨于西湖墳菴適際殘冬落日在山忽逢故人之妾奔
逃而來乃與小飲于道旁旗亭聞鶯聲於木杪少焉分背
抵菴有餘醺因臥小閣上恍如詞中所云逾月入城故居
皆蹂踐矣後得請提舉洞霄宮終老焉玉照新志云美成
夢中得此詞遂攜家提舉南京鴻慶宮未幾以疾卒

万俟雅言

雅言自號詞隱崇寧中充大晟府製撰有大聲集五卷
黃叔暘云雅言精於音律嘗依月用律製詞故多應制所
作有大聲集周美成爲序山谷亦稱之爲一代詞人又
云雅言之詞詞之聖者也發妙音於律呂之中運巧思於
斧鑿之外平而工和而雅比諸刻琢句意而求精麗者遠
矣

昭君怨

春到南樓雪盡驚動燈期花信小雨一番寒倚闌干　莫把闌
干頻倚一望幾重煙水何處是京華暮雲遮

陽春白雪万俟雅言木蘭花慢云恨鶯花漸老但芳艸綠
河洲縱岫壁千尋榆錢萬疊難買春畱梅花響來始別又
匆匆結子滿枝頭門外垂楊岸側畫橋誰繫蘭舟悠悠歲
月如流歎水覆杳難收凭畫闌往往擡頭舉眼都是春愁
東風晚來更惡飛紅拍絮入書樓雙燕歸來問我怎生不
上簾鉤

[illegible]

昭君怨

万俟雅言

春到南樓雪盡，驚動燈期花信。小雨一番寒，倚闌干。莫把闌干頻倚，一望幾重煙水。何處是京華，暮雲遮。

[illegible]

苕溪漁隱叢話木樨閩中最多路旁往往有參天合抱者士人以其多而不貴之漕守門前兩徑自有一二百株至秋花盛開籃輿行清香中殊可愛也云云万俟雅言有詞云芳菲葉底誰會秋江意深綠護輕黃怕青女霜侵憔悴開分早晚都占九秋天花四出香七里獨步珠宮裏佳名巖桂卻是因遺子不自月中來又那得蕭蕭風味霓裳舊曲休問廣寒人飛大白酬仙藥香外無香比

趙企

企字循道大觀中宰績溪

高齋詩話云循道以長短句得名所爲詩亦工

感皇恩 入京

騎馬踏紅塵長安重到人面依然似花好舊歡纔展又被新愁分了未成雲雨夢巫山曉。千里斷腸關山古道回首高城似天杳滿懷離恨付與落花啼鳥故人何處也青春老

輿地紀勝趙企倅天台作別詩云朝遊白雲城暮宿黃花洲

蔣子雲

子雲字元龍

好事近 初夏

葉暗乳鴉啼風定老紅猶落蝴蝶不隨春去入薰風池閣 休歌金縷勸金卮酒病煞如昨簾捲日長人靜任楊花飄泊

樂府雅詞拾遺蔣子雲烏夜啼云小桃落盡殘紅恨東風又是一番春事不從容翠屏掩芳信斷轉愁濃可惜日長閒暇小簾櫳

草堂詩餘蔣子雲長相思詞云紅滿枝綠滿枝宿酒厭厭睡起遲閒庭花影移 憶歸期數歸期夢見雖多相見稀相逢知幾時

李玉

未詳

賀新郎 春閨　陽春白雪作潘元質詞

篆縷銷金鼎醉沈沈庭陰轉午畫堂人靜芳草王孫知何處惟有楊花糝徑漸玉枕騰騰春醒簾外殘紅春已透鎮無聊滯酒厭厭病雲鬢亂未忺整　江南舊事休重省遍天涯尋消問息斷鴻難倩月滿西樓凭闌久依舊歸期未定又只恐缾沈金井嘶騎不來銀燭暗枉教人立盡梧桐影誰伴我對鸞鏡

黃叔暘云李君之詞雖不多見然風流醞藉盡此篇矣

按潘元質金華人清波雜志云江南自初春至首夏有二十四番風信梅花風最先楝花風居後煇少時嘗從同舍金華潘元質和人春詞有捲簾試約東君問花信風來第幾番之句潘曰宮體詞也語太弱則流入輕浮又嘗和人蠟梅詞有生怕凍損蜂房膽瓶湯浸且與溫存著規警如前朋友琢磨之益老不敢忘潘墓木拱矣